Robin Fuchs, das sind Christian Handel, Jana Ronte, Nica Stevens und Andreas Suchanek. Gemeinsam schreiben die vier Autor:innen für Audible die Original-Reihe „Pech & Schwäfel".

PECH &
Schwäfel

Die Tote in der Wand

ROBIN FUCHS

Erstausgabe Februar 2023

Pech & Schwäfel – Der Tote in der Wand

ISBN 978-3-98778-290-9
E-Book-ISBN 978-3-98778-082-0

Dieses Werk basiert auf dem audible Original „Pech & Schwäfel –
Die Tote in der Wand" © Audible GmbH, Berlin

Development Producer: Jana Ronte-Versch
Layout: © Craubner + Hartmann GmbH

Covergestaltung: Buchgewand
Umschlaggestaltung: ARTC.ore Design
Unter Verwendung von Abbildungen von
shutterstock.com: © Pictrider, © Igillustrator, © Volha Shaukavets
Lektorat: Anne Ueltgesforth
Satz: dp DIGITAL PUBLISHERS GmbH
Druck und Bindung: Books on Demand GmbH, Norderstedt

Prolog

Horst stützte sich an der Wand neben der Zellentür ab. »Das ist so nett von dir, Gabilein.«

»Du bist der Einzige, der sich dafür bedankt, in einer Ausnüchterungszelle eingesperrt zu werden, Horst.« Gabi wedelte mit der Hand vor ihrem Gesicht. »Dein Dunst wird auch immer ... *wuchtiger.*«

Es klirrte, als Gabilein den richtigen Schlüssel heraussuchte und die Zellentür damit öffnete. Sie war schon nett, machte ihm ständig Komplimente.

Sein Dunst wurde wuchtiger.

Ja, bei seiner Parfümauswahl war er sattelfest.

Horst bedankte sich mit einer leichten Verbeugung, die dafür sorgte, dass er auf geradem Weg in die Zelle taumelte. Vor der Wand gelang es ihm, zu stoppen und in einem eleganten Winkel auf sein Bett zu fallen.

Gabi atmete scharf ein. »Ach, Horst. Das nimmt noch ein böses Ende mit dir.«

»Aber hier drinnen bin ich doch sicher.«

Er setzte sich wieder auf. War das auch wirklich seine Zelle? Mit gerunzelter Stirn sah er sich um. Da waren die Fliesen auf dem Boden, die jeden Tag frisch gereinigt wurden. Es stand ein Glas Wasser bereit und die Toilette war geschrubbt. Die Risse in der Wand verschafften seiner Zelle einen gewissen Nostalgie-Charme.

In der Luft lag der Geruch von Essigreiniger, nur ohne den dezenten Beiklang von Urin und Toilettensteinen, wie er es von der Bahnhofstoilette kannte. Zu Hause war es dagegen sauber, aber viel zu still. Er mochte diese ständige Stille nicht.

Das hier war eine kostenlose Deluxe-Unterbringung, das gab es in Niederteerbach sonst nirgends. Er würde morgen persönlich Sterne auf die Tür malen, jawohl!

Er begann leise zu summen.

»Ich lass dich dann mal alleine«, sagte Gabilein. »Bis morgen früh.«

Horst stimmte wie jeden Abend ein Ständchen an. »In deinen Hafen werf ich meinen Anker … tuut, tuut.«

Die Tür wurde hektisch geschlossen, es klirrte, der Schüssel wurde gedreht. Kurz darauf erklang sehr laute Musik aus einem entfernten Radio. Das geschah ständig, wenn er ein Ständchen brachte. Seltsam.

Horsts Blick wanderte zum Wasserglas am Boden. Ob er die Bestellung auch ändern konnte? Vielleicht könnte Gabilein ihm einen Prosecco hinstellen? Er würde sie morgen mal fragen.

Aber zuerst das Naheliegende.

Horst fixierte die Toilette, die schräg gegenüber in die Wand verbaut war. Auch hier überall Fliesen mit Rissen dazwischen. Der Innenarchitekt hatte schon was drauf, mit all diesem Abrisshaus-Charme.

Horst erhob sich, den Blick starr auf sein Ziel gerichtet, und taumelte los. Mit einem zusätzlichen Schwenk in Richtung Tür erreichte er die Toilette, stützte sich mit den Händen voraus an der Wand ab.

Er blinzelte.

Da war ein Zeh.

Sicherheitshalber wackelte er mit seinen eigenen, aber die waren ja in den Schuhen. Wieso konnte er dann einen davon sehen? Und der guckte auch noch aus der Wand. Ein abgeplatztes Fliesenstück lag daneben.

Er richtete seinen Oberkörper auf, doch die Umgebung drehte sich zu sehr. Ein kurzes Taumeln, dann prallte er noch einmal gegen die Fliesen.

Ein weiteres Stück Fliese löste sich und krachte splitternd zu Boden. Dahinter kam eine Plastikplane zum Vorschein und darunter ...

»Gabi!«, brüllte Horst und vergaß sogar das ›lein‹. »Gabi!«

Die Musik wurde lauter gedreht.

Er taumelte zurück zu seinem Bett. Irgendwie drehte sich hier alles.

»Gabilein«, murmelte er leise. Und schlief ein.

1. Kapitel

Maike stand an der Theke der Bäckerei, den Blick hinter sich zur Tür gewandt.

Auf dem Weg hierher hatte sie so ziemlich jeder Bürger von Niederteerbach, dem sie begegnet war, angelächelt und einen »Guten Morgen« gewünscht. Es wirkte fast, als wäre sie die verlorene Tochter des Ortes, die nach Jahren der Abwesenheit zurückgekehrt war.

»Guten Morgen«, erklang die resolute Stimme der Bäckereifachverkäuferin.

Maike wandte sich ruckartig der Theke mit den ausgelegten Teilchen zu. »Morgen.«

»Ah, Frau Kriminalhauptkommissarin.«

Das ließ sie nun doch dezent irritiert zurück. »Kennen wir uns?«

»Ja irgendwie schon, oder?« Die Bäckereifachverkäuferin grinste wie ein Honigkuchenpferd. Ihr gebundener Dutt war eingenetzt, die rosigen Wangen leuchteten.

»Und woher genau jetzt?«, fragte Maike.

Wenn solche Zusammentreffen stattfanden, waren sie meist von der unfreundlichen Sorte. Wer lächelte die Kriminalhauptkommissarin auch freundlich an, die ihn oder sie Wochen – oder Jahre – zuvor in eine Arrestzelle gesteckt hatte? Hier ging sie allerdings nicht von einer rehabilitierten Mörderin aus. Und wie sollte die auch von Maikes bisheriger Wirkungsstätte, Berlin, hierhergekommen sein?

»Na aber! Ganz Niederteerbach weiß doch, wer Sie sind.«

»Offensichtlich.« Sie betonte jedes Wort. »Aber woher?«

»Na, durch den Artikel natürlich.«

Ihr Magen machte einen Satz. »Reden wir hier von einem *Zeitungs*artikel? Über mich?«

»Sie waren wirklich gut abgebildet auf dem Foto. Nur etwas schlanker. Schon ein Weilchen her, aber das geht uns ja allen so.« Ein Lachen folgte, das an Maikes steinerner Miene abprallte. »Also Ihr Werdegang war richtig spannend. Dass Sie in Köln aufgewachsen sind, dann ging es in die Hauptstadt. Da hört man ja einiges, über Berlin. Sodom und Gomorrha.«

»Schlimmer«, sagte Maike trocken.

»Ach, echt? Sind Sie deshalb hierher zu uns gekommen?«

»Eine Puddingbrezel.« Sie deutete auf die Auslage.

»Das ist ein Quarkstreusel. Die Puddingbrezel liegt weiter links. Aber brauchen Sie sowieso nicht.« Wieder lag das Grinsen auf dem Gesicht der Verkäuferin. »Da hat die Gabi ... ach, gehen Sie einfach mal auf die Wache.«

Maike seufzte. Sie dachte kurz darüber nach, den Dialog weiterzuführen, fühlte sich dann aber zu müde. Da es gestern nach ihrer Ankunft zu spät gewesen war, erinnerte ihre Wohnung an ein verrücktes Labyrinth aus Umzugskartons. In einem davon wartete die Kaffeemaschine noch immer darauf, ausgepackt zu werden und mit einem wundervollen Summen zum Leben zu erwachen.

»Na dann. Schönen Tag Ihnen.« Sie verabschiedete sich mit einem Nicken.

Sie verließ die Bäckerei Strietzel und trat auf den Marktplatz. Es schien, als hätte das Herzstück der Stadt alle hässlichen Gebäude wie ein Magnet angezogen und rings um sich gruppiert. Dass Maikes Wohnung dazugehörte, sprach Bände. Das Rathaus lag ebenso in Sichtweite, in dem auch die Polizeiwache lag.

Hinter einem Parkplatz, auf dem ein paar einsame Autos standen, stieg sie die Stufen hinauf und wurde von einer kühlen Eingangshalle des grauen 70er-Jahre-Baus verschluckt. An der Decke hing ein angestaubter Leuchter, vor dem Treppenaufgang gab es ein Schild, das die einzelnen Bereiche aufführte. Sie musste nach oben in den zweiten Stock.

Irgendwer hatte sich kurzerhand dazu entschieden, alles – vom Standesamt bis zur Polizeiwache – hier hineinzupferchen. Und über diesem Flickwerk thronte die Bürgermeisterin.

Maike stieg die Stufen empor, anfangs immer zwei auf einmal nehmend. Gegen Ende versuchte sie, ihr Keuchen zu unterdrücken. Roch sie da irgendwo Kaffee?

Wie magisch davon angezogen, ignorierte sie die versammelte Hochzeitsgesellschaft vor dem Standesamt und erreichte einige Stufen später den Eingang zur Polizeiwache.

Der Schmelztiegel aus Stimmen blieb hinter ihr zurück, und eine angenehme Ruhe breitete sich aus. Jemand hatte frisch geputzt, denn es roch nach Reinigungsmittel und Staubsauger. Sie betrat ein schmales Büro, in dem zwei Schreibtische gegeneinandergepresst worden waren. Die Wand auf der rechten Seite endete direkt in der Mitte des Fensters – es schien als wäre diese Wand nachträglich mit perfektem Dilettantismus eingebaut worden.

»Frau Kriminalhauptkommissarin.« Ein junger Polizeibeamter sprang von seinem Stuhl auf, als habe man ihn gerade beim Faulenzen ertappt. »Sie sind da.«

»So halb.«

»Wie bitte?« Er eilte auf sie zu, das dunkle Haar perfekt gescheitelt, die Uniform gebügelt und ohne ein Staubkorn.

»Ohne Kaffee«, ergänzte sie.

»Ach so. Das tut mir leid. Ich mache Ihnen sofort eine Tasse.«

Maike mochte seine offene Art. »Das ist nett, bekomme ich aber auch allein hin. Und Sie sind?«

»Yilmaz. Polizeikommissar Lukas Yilmaz.« Er schüttelte ihre Hand mit dem kraftvollen Nachdruck eines Neulings, der erst noch vom Dienst abgeschliffen werden musste. »Und das ist Petzold ... Gabi. Ich meine, Gabi Petzold. Polizeihauptkommissarin und Leiterin der Wache.« Er nickte in Richtung des leeren Schreibtischs. »Normalerweise. Sie ist aber gerade nicht da.«

»Ach, tatsächlich.« Maike schmunzelte. Schritte näherten sich auf dem Gang.

»So, ich habe noch ein paar Blumen hingestellt. Unsere *Neue*...« Eine mittelgroße Frau mit grauem Haar und Lachfalten um die Augen hielt verblüfft im Türrahmen inne.

»Das wäre dann ich«, Maike streckte die Hand aus.

Das Gesicht ihres Gegenübers leuchtete freundlich auf. »Frau Pech.« Die Lachfalten vertieften sich, ein energetisches Funkeln trat in die Augen. »Schön, dass Sie uns gefunden haben.«

»Hinterm Standesamt links, vorbei an der Tankstelle im ersten Stock. Hat am Ende irgendwie geklappt. Und Sie sind Frau Petzold.«

»Gabi, bitte. Jeder nennt mich Gabi.«

Maike ließ eine Braue in die Höhe wandern. »Jeder hier? Also sie beide?«

»Der Ort.« Gabi gab ihr einen leichten Stups in die Seite und machte damit endgültig klar, dass es mit ihr einfach werden würde.

Maike kannte es auch anders. Vom altgedienten Kollegen, der sich von einem ›Mädel‹ nix sagen lassen wollte bis hin zur Wadenbeißerin. Hatte sie alles schon gehabt. »Also dann ... *Gabi.*«

»Ich zeige Ihnen Ihr Büro. Das hat die Bürgermeisterin persönlich in die Wege geleitet. Neueste Ausstattung.«

»Das wäre mal eine Abwechslung«, murmelte Maike.

Sie verließen den Raum und betraten drei Schritte nach links die andere Seite ›der Wand‹. Diese erwies sich als dünne Rigipswand. *Ob der Architekt des Ortes sich mit dem Maurer verbündet hatte? Sowas ging doch nicht mal mit Bestechung in die Genehmigung.*

Die Einrichtung war überschaubar. Wandschrank, zwei Stühle und ein Schreibtisch. Auf diesem standen ein Telefon und ein altersschwacher Computer, ein wenig versetzt im Hintergrund ein Drucker. Davor entdeckte sie einen Teller mit belegten Schnittchen, einen zweiten mit süßen Teilchen. Jetzt ergab die Verweigerung der Verkäuferin, ihr das Puddingteilchen zu verkaufen, plötzlich Sinn. Unweigerlich fragte sie sich, wie viele Gäste noch eingeladen waren, das konnte sie niemals alles alleine verputzen. Aber das Wichtigste ... eine dampfende Tasse Kaffee. »Das ist ja nett«, sagte Maike freudig. Ihr Blick wanderte weiter. »Und sogar ein halbes Fenster.«

»Ja, das ist vielleicht ein wenig ungeschickt«, gab Gabi zu. Lukas Yilmaz war ihnen gefolgt und verschränkte nun die Arme. Er seufzte schwer. »Ich habe denen gesagt, dass die Bauvorschriften ...«

»Ja, ja, ja.« Gabi wiegelte ab. »Die Bürgermeisterin persönlich hat dafür gesorgt, dass das seinen Weg nimmt. Damit die Frau Pech sich bei uns auch mit einem eigenen Büro wohlfühlt. Und das ist doch eine nette Geste.«

Maike trat an den Tisch, schnappte sich die Kaffeetasse und schaute aus dem halben Fenster. Erst auf den zweiten Blick erkannte sie, dass der Fenstergriff auf der anderen Seite ›der Wand‹ lag.

Gabi war ihrem Blick gefolgt.

»Sie können dann einfach dreimal klopfen, dann kippen wir das Fenster.«

»Das ist ja ausgefuchst«, sagte Maike trocken.

»Wir machen das alles auf dem kleinen Dienstweg ... also das mit dem Fenster kippen.«

»Ist mir schon aufgefallen.« Maike blickte auf die Kaffeetasse, sog den Geruch tief ein. »Sie sind ein Engel.« Sie nippte leicht an dem schwarzen Gebräu. Das Schlucken fiel schon deutlich schwerer. Was immer dieses Zeug war, Kaffee konnte man es nicht nennen.

Gabi hatte ihren Blick bemerkt, aber glücklicherweise falsch gedeutet. »Ach, das tut mir leid. Sie wollten bestimmt noch Milch. Oder Zucker?«

»Beides.« Maikes Stimme war ein Krächzen.

»Ich hole schon«, bot sich Lukas an.

Gabi hielt ihn zurück. »Lass doch bitte erst mal den Horst raus.«

»Das klingt wie eine ... äh ... freundliche Umschreibung für irgendetwas.« Maike schaute fragend in die Runde.

»Wie bitte?« Gabi blinzelte.

»Ich meine, lass doch mal den Horst raus. Das klingt irgendwie ... merkwürdig.«

»Nein, nein, er soll einfach nur den Horst rauslassen. Der ist in der Arrestzelle. Musste erst mal ausnüchtern. Wir sind heute spät dran.« Maike blickte ihrem neuen Kollegen hinterher. »Das scheint ja schon fast wie alltägliche Routine.«

»Er ist unser Dauergast in der Ausnüchterungszelle. Jaa, wir haben da eine gewisse Routine entwickelt.«

»Damit wir seinen Rhythmus nicht durcheinanderbringen?«

»Genau.« Gabi nickte eifrig.

»Gestern musste ich die Musik besonders laut aufdrehen, er hat noch recht lange seine Arien zum Besten gegeben.«

»Er singt?«

»Nein, das auf keinen Fall. Es hat eher etwas von Kreissäge mit Singsang. Mein Chef, der Manfred – ist schon lange in Pension – hat dem Horst vor Jahren mal ein Kompliment für seinen Gesang gemacht. War natürlich nicht ernst gemeint. Aber seitdem geht es die Schlagercharts von anno dazumal rauf und runter.«

Maike stellte die halbvolle Kaffeetasse auf den Tisch und hoffte darauf, dass es nicht auffiel. »Und wie war das mit der Top-Ausstattung?«

»Na, der Stuhl.« Gabi deutete auf das Konstrukt. »Der ist ergonomisch.« Maike betrachtete das seltsame Etwas aus grüner Polsterung, Metall und Plastik. »Der ist doch garantiert Baujahr ’90.«

»Eben. Wir anderen haben Baujahr ’80. Da war die Bürgermeisterin rigoros. Für Sie nur das Beste.«

Innerlich schüttelte Maike nur den Kopf. Niederteerbach war genauso schrecklich, wie sie es von ihrem einzigen Besuch in Erinnerung hatte. Unweigerlich wirbelten die Bilder jener schicksalhaften Nacht durch ihren Kopf, die ihr Leben für immer verändert hatte.

Das Telefon auf ihrem Schreibtisch klingelte und schreckte sie aus ihren Gedanken.

Sowohl Gabi als auch sie starrten auf das Gerät.

»Also, das ist jetzt seltsam«, sagte Gabi verwundert. »Vielleicht ist es ja die Frau Graefe.«

»Und wer ist das?« Maike hatte den Namen schon mal gehört, konnte ihn aber gerade nicht zuordnen.

»Die Bürgermeisterin. Aber die würde wohl eher einfach runterkommen.«

Maike überwand ihre Verblüffung über den frühen Anruf und trat an den Schreibtisch. »Kriminalhauptkommissarin Maike Pech am Apparat, Kripo Köln, Außenstelle Niederteerbach.«

»Na, das nenne ich doch mal eine vorbildliche Meldung mit Namen und Dienstgrad, sehr gut«, erklang die Stimme ihrer besten Freundin durch den Hörer, das breite Grinsen schwang mit herüber.

»Zoe.« Maike signalisierte Gabi das alles gut war und das Gespräch einen Augenblick dauern würde.

Daraufhin verließ diese den Raum und schloss die Tür hinter sich.

»Na, wie läuft es auf der neuen Wache?«

»Also ›neu‹: Das ist auf jeden Fall das Gegenteil vom Niederteerbacher Flair«, berichtete Maike. »Ich habe ein halbes Büro im 70er-Jahre-Stil. Aber die Kollegen sind supernett, das kann ich jetzt schon sagen.«

»Und die Wohnung? Du hast dich gestern gar nicht mehr gemeldet.« Was neben der Müdigkeit auch dem Schock geschuldet gewesen war. Die Wohnung war ... speziell. »Weißt du, wieso viele Worte verlieren? Du kommst mich einfach mal besuchen und ich zeige sie dir dann. Momentan ist ja sowieso alles voller Kartons.«

»Wie ich dich kenne, auch noch in einem Jahr.«

»Nicht, wenn du mir hilfst.« Maike lehnte sich triumphierend auf ihrem Stuhl zurück.

»Das wird dann wieder wie damals in Berlin?«

»Aber unbedingt. Cocktails, Tratschen und von fünfzig Kisten haben wir immerhin drei ausge-räumt.« Maike erinnerte sich mit Freude daran zu-rück.

»Und den Inhalt einer weiteren in die Dusche ge-stellt.« Zoe lachte ihr herzliches Lachen, das Maike so sehr liebte.

Sie hatte Zoe in Berlin wirklich vermisst.

»In der ersten freien Minute rücke ich mit flüssi-ger Verpflegung an«, versprach Zoe. »Aber zuerst bist du für heute Abend bei uns eingeplant. Mark freut sich auch schon riesig.«

»Mein Bruder freut sich riesig?«, echote Maike. »Du meinst, weil er seine Gefühle ständig zeigt wie ein Leuchtfeuer.«

»Er macht das auf seine Männerart, weißt du? Ein Lächeln hier, ein zustimmendes Grunzen da.«

Bevor Maike antworten konnte, erklang ein hektisches Klopfen an der Tür.

»Warte mal kurz.« Sie wandte sich er Tür zu. »Jaaa?«

Die Tür wurde geöffnet. Im Rahmen stand ein sichtlich geschockter Lukas Yilmaz. »Frau Pech.«

Etwas Schreckliches musste vorgefallen sein, wenn er sie mit dem Nachnamen und nicht mit dem Dienstgrad ansprach. »Was gibt es denn?«

»Da ist eine Leiche.«

Maike seufzte genervt. »Ist das einer dieser Scherze, die mit den Neuen gemacht werden? Und die Leiche befindet sich wo?«

»Sie ist eingemauert.«

»Das ist kreativ«, sinnierte sie. »Darauf sind die Kollegen in Berlin nicht gekommen. Als der Lemtzig seine Stelle angetreten hat, war das eine Puppe. Die saß im Pausenraum.«

»Ach, spiel doch mit«, drang Zoes Stimme aus dem Telefonhörer. »Wenn die sich schon so viel Mühe geben.«

Wie aus dem Nichts stand Gabi ebenfalls im Türrahmen. Sie war kreidebleich. »Frau Pech, da ist eine Leiche. Eingemauert in der Wand.« Die Stimme allein reichte aus, um jeden Zweifel im Keim zu ersticken.

»Zoe? Hast du das gehört?«, fragte Maike.

»Ich habe gerade beschlossen, dich an deiner Arbeitsstelle zu besuchen.« Zoe klang jetzt einhundert Prozent professionell. »Und die Spurensicherung bringe ich mit, ich kenne den Pöller. Das machen wir auf dem kleinen Dienstweg. Ich versuche, den Staatsanwalt unterwegs zu erreichen.«

»Bis gleich.« Maike wollte auflegen, riss den Hörer aber noch einmal in die Höhe. »Zoe?!«

»Ja?«

»Bring mir doch bitte einen Kaffee mit.«

Erst danach legte sie auf und folgte Gabi und Lukas, um sich die Leiche in der Wand anzuschauen.

2. Kapitel

Eine dreiviertel Stunde später stand Maike mit Gummihandschuhen und Schutzanzug in der Ausnüchterungszelle. Der entsetzte Horst saß mit Gabi und Lukas in deren Büro und berichtete.

Leise Klopfgeräusche hallten durch die Zelle. Mit Hammer und Meißel bewaffnet klopfte Walther Pöller von der Spurensicherung aus Köln mit seinen Kollegen die Fliesen auf. Stück für Stück fielen diese zu Boden. »Gleich ham'mas«, vermeldete er in wohlbekanntem Kölner Dialekt. Spätestens jetzt wusste Maike, dass sie nicht mehr in Berlin war.

Der weiße Ganzkörperanzug spannte über seinem Bauch, der Dreitagebart verlieh ihm den rauen Charme eines trinkenden Detektivs aus einem Noir-Krimi. Von seinem Handwerk verstand er aber etwas, wie Zoe versichert hatte.

Maikes beste Freundin wirkte selbst in ihrem unförmigen Ganzkörperanzug elegant, er betonte sogar noch ihre gertenschlanke Figur.

Zoe hatte Staatsanwalt Sandro Grasso bisher nicht erreicht, weshalb dieser auch noch fehlte. An einem Verbrechen gab es jedoch keinen Zweifel, wer verstarb schon an einer natürlichen Ursache in der Wand einer Ausnüchterungszelle.

»Was sagst du?«, fragte Maike.

Zoe betrachtete mit verschränkten Armen die Wand, an der gearbeitet wurde. »Ich bin froh, dass ich als Rechtsmedizinerin im Obduktionssaal stehe und nicht ständig diese Vorort-Arbeiten machen muss.«

»Bezüglich der Leiche, meinte ich.«

Mittlerweile war ein größerer Teil der Plastikplane freigelegt. Einzig die Zehe – oder deren Reste – lugten daraus hervor.

»Die Plane hat das Opfer konserviert, hinzu kommt die luftdichte Versiegelung. Als die Platte mit den Fliesen abgebrochen ist, hat sich das jedoch rapide verändert, wie man unschwer am Geruch feststellen kann.« Maike unterdrückte den Drang, durch die Nase zu atmen. Bereits beim Betreten der Arrestzelle war ihr übel geworden. Wie dieser arme Horst es die ganze Nacht überstanden hatte, wollte sie gar nicht wissen.

»Todesursache? Geschlecht?«, hakte sie nach.

Zoe ging ein wenig näher heran und warf einen intensiven Blick auf die ›stehende‹ Leiche. Sie war noch vom unteren Torso an bis zum Kopf eingemauert.

»Es handelt sich um eine junge Frau«, sagte Zoe. »Die Beckenknochen sind eindeutig.«

»Wollen Sie vielleicht weitermachen?« Pöller hielt ihr herausfordernd Hammer und Meißel hin.

»Ach, Pöllerchen.« Zoe gab ihm einen Ellbogenknuff. »Jetzt seien Sie nicht eingeschnappt. Ich bin ja schon weg.«

Er nickte ruppig, doch das Funkeln in seinen Augen machte deutlich, dass er und Zoe gut miteinander auskamen. »Expresszustellung direkt in Ihr persönliches Fach.« Er zwinkerte ihr zu.

»Aber Porto nicht vergessen«, gab Zoe zurück. Sie wandte sich Maike zu. »Wir lassen die Kollegen hier vielleicht erst mal arbeiten.«

Beide verließen die Ausnüchterungszelle. Vor der Tür stand ein Abfalleimer für die Einmalanzüge und Handschuhe bereit. Sie zogen die Schutzkleidung aus. Zoe streifte einmal mit der Hand über ihren Hosenanzug und wirkte, als sei sie gerade aus einer Konferenz gekommen.

»Kannst du das Alter bestimmen?«, fragte Maike. »Ungefähr?«

Zoe sah sich kurz in beide Richtungen um. Sie waren allein im Flur.

»Noch nicht, sorry. Aber komm schon, das wäre doch ein zu großer Zufall. An deinem ersten Tag stolpert ein Betrunkener über die Lösung des Rätsels, das uns seit gut zwanzig Jahren beschäftigt? Wer immer das da drinnen ist, es ist nicht … «

»Da sind Sie ja!«, erklang eine unbekannte Stimme

Am Ende des Ganges tauchte eine Frau mit akkuratem grauen Bobhaarschnitt und der abgestrahlten Wucht eines Schnellzugs auf. »Ich suche Sie schon überall.«

»Und mit wem habe ich das Vergnügen?«, fragte Maike und griff nach ihrem Becher Kaffee, den Zoe ihr mitgebracht und der auf dem Tisch brav gewartet hatte.

Verdutzt hielt die unbekannte Frau inne. »Die Bürgermeisterin natürlich.«

»Oh, natürlich.« Maike nickte. »Frau Graefe. Schön, Sie persönlich kennenzulernen.«

Dass Maike ihren Namen kannte, schien die Bürgermeisterin prompt wieder zu besänftigen. Das Lächeln auf ihrem Gesicht kehrte wie angeknipst zurück. »Ja, das ist es. So schön.« Ihr Blick fiel auf den Raum mit der Spurensicherung. »Wenn auch unter absolut schockierenden Umständen, die einmal mehr bekräftigen, dass es eine ausgezeichnete Idee war, Ihre Stelle in Zusammenarbeit mit der Kölner Kripo zu schaffen.«

Zoe wurde vollständig ignoriert.

»Wissen wir schon etwas über den Hergang? Und die Identität?«, fragte die Graefe.

»*Wir* beginnen jetzt erst einmal mit der Untersuchung«, stellte Maike sanft aber nachdrücklich klar und dachte nicht im Traum daran, irgendwelche Informationen weiterzugeben. »Das wird bestimmt ein paar Tage dauern, bis wir da mehr wissen.«

Sie schob sich an der Bürgermeisterin vorbei und steuerte auf das Büro von Lukas und Gabi zu. Als sie sich umdrehte, stand Zoe hinter ihr, die Graefe im Türrahmen.

»Ist noch was?«, fragte Maike.

»Eine ganze Liste«, erwiderte die Bürgermeisterin.

»Aber das können wir auch ein anderes Mal besprechen.« Sie linste in Richtung Spurensicherung. »Sobald Sie mehr wissen. Die Erfolge sollen schließlich nicht unsichtbar bleiben. Ein befreundeter Journalist könnte da problemlos einen Artikel schreiben.«

»Wie der über meine bisherige Arbeit mit Bild und Lebenslauf?«

»Gern geschehen. Wir beide werden Niederteerbach wieder sicherer machen.«

Damit wandte sie sich ab und stapfte hinaus.

»Sie ist ...«, sagte Zoe.

»Speziell«, ergänzte Gabi mit einem wissenden Blick. »Und wer sind Sie?«

»Zoe Iyeke Schwäfel.« Sie reichte Gabi die Hand.

»Ach, das freut mich aber. Stammt der zweite Name aus dem Benin?« Sie ergriff die Hand und schüttelte sie kräftig.

Zoe wirkte so verblüfft, wie Maike sich fühlte. »Das stimmt. Woher wissen Sie das? Mein Vater stammt aus Benin.«

»Meine Schwester hat einen Arzt von dort geheiratet«, erklärte Gabi. »Da habe ich eine Antenne für die Namen. Aber ich bin einfach die Gabi. Das ›Sie‹ lassen wir besser weg.«

Zoe nickte, noch immer verblüfft.

Maike wusste, dass ihre beste Freundin es mit ihrer dunklen Hautfarbe oftmals nicht leicht gehabt hatte und sofort in Verteidigungsstellung ging, wenn die ersten Fragen – meist völlig hemmungslos – auf sie abgeschossen wurden.

Erneut bewies Gabi, dass Maike viel Glück mit ihrer neuen Kollegin hatte.

»Zoe ist mit meinem Bruder verheiratet, außerdem meine beste Freundin und arbeitet in der Rechtsmedizin in Köln«, erklärte Maike. »Das beschleunigt den Informationsfluss ungemein.«

»Ach, das ist ja toll«, sagte Gabi.

»Aber den offiziellen Dienstweg müssen wir schon einhalten.« Lukas hatte sich unbemerkt an seinen Schreibtisch gesetzt. »Sonst sind die ganzen Beweise am Ende nicht nutzbar.«

»Machen Sie sich da keine Sorgen«, sagte Maike. »Wir erfahren alles nur etwas früher, quasi bevor der Papierkram hier eintrifft. Was hat Horst denn erzählt?«

»Letztlich nicht viel«, erwiderte Lukas. »Er hat den Zeh gestern entdeckt und ist dann eingeschlafen.«

»Ich mache mir solche Vorwürfe.« Gabi nahm sich ein Schnittchen vom Teller, der seinen Weg inzwischen auf ihren Schreibtisch gefunden hatte.

»Weil du die Leiche in der Wand nicht vorausgesehen hast?«, fragte Maike. »Ab jetzt gilt, man sollte die Ausnüchterungszellen immer auf mögliche Tote prüfen.«

»Wenigstens den Zeh hätte ich ja bemerken können. Wie er so aus der Wand herausguckt. Ich habe ja extra immer wieder auf das Überwachungsvideo geschaut, aber da lag der Horst schon auf seinem Bett und hat geschlafen.«

»So ein Zeh ist recht klein«, beschwichtigte Zoe.

»Außerdem weißt du ja nicht, wann die Platte abgebrochen ist. Mach dir da keine Gedanken.«

»Aber wenn der arme Horst jetzt ein Trauma davon behält?« Gabi ließ nicht locker.

»Und mit dem Trinken anfängt? Das wäre natürlich tragisch«, sagte Maike, was ihr prompt einen

Ellbogenstoß von Zoe einbrachte. Sie ergänzte beschwichtigend: »Ich habe den Horst ja nur kurz gesehen, aber auf mich wirkte er sehr robust.«

Lukas deutete auf seine Gesprächsnotizen. »Er hat darum gebeten, dass wir ihm das nächste Mal anstelle eines Wasserglases doch bitte Prosecco hinstellen.«

Für eine Sekunde herrschte Stille.

Dann brachen sie alle in Gelächter aus. Es war ein erlösendes Lachen, dass die Spannung verpuffen ließ, von der Maike erst jetzt bemerkte, dass sie überhaupt dagewesen war.

»Na schön.« Sie klatschte in die Hände. »Wer hat diese Fliesen da drinnen verbrochen?«

»Das war der Roth«, erwiderte Gabi und wischte sich eine Lachträne beiseite. »Der Bauunternehmer von Niederteerbach.«

»Wann war das denn in etwa?«, fragte Maike.

»Das ist jetzt noch gar nicht so lange her. 2006 glaube ich, ja genau« Gabi nickte eifrig.

»Das sind fünfzehn Jahre!«, sagte Maike. »Ist doch ganz schön was.«

»Oh, ja.« Zoe nickte tiefgründig, ein angedeutetes Lächeln in Richtung Maike. »Manchmal kann schon ein einziges Jahr den Unterschied machen. Da ist mit 39 noch alles tipptopp und mit 40 hat *Frau* gefühlt ein Bein im Grab.«

»Ich kenne da jemand anderen, der eigentlich mit beiden Beinen im Obduktionssaal stehen sollte«, knurrte Maike. »Pöller wollte dir doch die Leiche per Express zustellen, bereite am besten schon mal alles vor.«

»Mein Stichwort. Ich kann hier eh nichts mehr tun. Und der Kaffee scheint zu wirken, du bist wieder so scharfzüngig wie eh und je.« Maike genoss die Frotzelei zwischen ihnen beiden. »Ich verabschiede mich in Richtung Skalpell und Bauchspreizer. In ein paar Stunden telefoniere ich mal durch.«

Bei dem Wort ›Bauchspreizer‹ bekam das Gesicht von Lukas einen leichten Grünstich.

»Wir sehen uns heute Abend.« Zoe zog Maike in eine Umarmung.

»Schön, dich wieder hier zu haben.«

»Schön, wieder hier ... oder wenigstens in der Nähe zu sein.« Damit war Zoe auf und davon.

»Diese Ausbesserungsarbeiten waren also 2006?«, hakte Maike nach.

»Wenn man es genau nimmt, war es eine komplette Neugestaltung«, sagte Gabi. »Die Ausnüchterungszellen gehörten ja ursprünglich nicht zu dem Komplex. Sie wurden nachträglich eingebaut.«

»Da haben wir mal Glück gehabt.« Maike trank einen weiteren Schluck des mittlerweile kalten

Kaffees und spürte, wie die Lebensgeister zurückkehrten. »Andernfalls dürften wir jetzt in einem Cold Case ermitteln, der noch weiter zurückläge. Wann wurde dieser ganze Komplex hier hochgezogen?«

»1982«, sagte Gabi sofort. »Vor 39 Jahren. Fast 40.«

Maike verzog den Mund. »Da ist sie wieder, die Zahl. Wieso frage ich auch? Konzentrieren wir uns also auf 2006. Ich brauche alle Vermisstenfälle aus diesem Jahr. Kannst du mir da eine Datenbankabfrage machen?« Maike wandte sich bereits der Tür zu. »Nicht so richtig«, wurde sie von Gabi gestoppt.

»Das ist hier noch alles auf Papier«, erklärte Lukas. »Es gibt da wohl ein Archiv. Habe ich selbst aber noch nicht besucht.«

»Wieso wundert mich das nicht.« Maike seufzte.

»Also, Gabi, du bringst uns bitte aus dem Archiv die Vermisstenfälle aus dieser Zeit. Alle Personen unbestimmten Alters. Ich will nichts ausschließen, bis Zoe das Ergebnis der Obduktion schickt.«

»Wird gemacht.« Gabi nahm ihre Jacke von der Garderobe.

»Falls am Ende niemand passt, schicken wir eine Abfrage an die Kollegen in der Umgebung«, dachte Maike bereits weiter und konnte spüren, wie ihr Jagdtrieb erwachte. »Ich brauche außerdem eine

Liste aller Personen, die zum damaligen Zeitpunkt Zutritt zu den Räumlichkeiten hatten.«

»Dem Rathaus?«, hakte Gabi nach, während sie sich umständlich in ihre Jacke zwängte.

»Na ja, es wird ja niemand vom Standesamt hier hereinspaziert sein, um eine Leiche in die Wand zu mauern. Das wäre dann die kürzeste Ehe der Geschichte gewesen. Ich meine alle Personen, die unbemerkt die Arrestzellen hätten betreten können.«

Ihr war durchaus bewusst, dass das auch alle von Gabis ehemaligen Kollegen mit einschloss, sie sprach es jedoch nicht aus. Die Wahrscheinlichkeit deutete doch eher in Richtung der Bauarbeiter, bedachte man die Plastikfolie und das nachträgliche Verputzen.

»Schick mir die Adresse von diesem Bauunternehmer bitte aufs Handy«, bat sie Gabi außerdem. »Lukas, Sie und ich statten dem Herrn einen Besuch ab.«

Sie wollte so schnell wie möglich die ersten Informationen einsammeln.

Mittlerweile hatte Zoe längst Meldung nach oben gemacht, was bedeutete, dass sie spätestens Morgen in Köln antanzen durfte, um ihrem Chef und dem Staatsanwalt zu berichten.

Gemeinsam mit Lukas ging sie hinunter zum Parkplatz.

»Kennen Sie diesen Roth?«, fragte Maike.

»Bisher hatte ich noch nicht mit ihm zu tun«, erwiderte Lukas. »Bin ja selbst erst seit einigen Monaten hier. Aber er ist wohl ein örtliches Urgestein.«

»Dann finden wir den Rest einfach gemeinsam heraus.« Maike nickte voller Tatendrang und merkte erst einige Schritte später, dass Lukas stehen geblieben war. Er stand neben einem winzigen Gefährt und deutete darauf.

Maike starrte auf das ›Auto‹. »Ist nicht Ihr Ernst.«

»Das ist ein Twizy«, sagte Lukas.

»Ach, was?«

»Fährt elektrisch und ist sehr umweltfreundlich.«

»Lassen Sie mich raten: Ihr Dienstfahrzeug?« Maike hatte ein wenig Angst vor der Antwort.

»Genau.«

»Und jetzt sollen wir zu zweit in diesem Ding ...«

»Nach Ihnen.« Lukas nickte eifrig und sie verdächtigte ihn, Spaß an der Sache zu haben.

Es hätte Maike keinen Augenblick gewundert, wenn die vorbeispazierenden Einwohner ihr Smartphone gezückt hätten, um die nächsten Minuten des Horrors auf ewig festzuhalten.

Der winzige Zweisitzer war eine fahrende Pillendose. Nachdem Maike Platz genommen hatte, wurde der Sitz nach hinten geschoben und Lukas zwängte sich in den vorderen Teil.

»Ist dafür auch die Bürgermeisterin verantwortlich?« fragte Maike drohend.

»Elektromobilität für alle, um Niederteerbach
grüner zu machen.«

»Grüner, sicherer ... was kommt als Nächstes?«

Anstatt zu antworten, startete Lukas das ›Auto‹
und sie brausten mit der Geschwindigkeit eines
motorisierten Trollies vom Parkplatz.

3. Kapitel

Zoe blieb einen Augenblick im Türrahmen stehen und betrachtete ihr Reich.

Auf dem Edelstahltisch war die Leiche bereits aufgebahrt, alle üblichen Instrumente lagen auf einem Tablett, der Organtisch verlief über die gesamte Breite am Fußende. Etwas seitlich stand der Elektroblock mit der angeschlossenen Knochensäge.

Thomas hatte die Arme verschränkt und blickte sinnierend durch seine Brillengläser auf die gefaltete Plane auf dem zweiten Tisch. Auch davon würden sie Proben der Rückstände entnehmen.

»Ich habe hier was für dich.« Die Stimme von Mira Tierbach, der Sektionsassistentin erklang von Links.

Wie ein Farbtupfer auf zwei Beinen wirkte sie, das rote Haar stach in all dem sterilen Grau ringsum hervor.

»Was gibt es denn?«, fragte Zoe.

Mira streckte ihr ein Tablet entgegen. »Ich habe gerade die Aufnahmen des CTs bekommen.«

Bevor Thomas die Leiche hierhertransportiert und ausgewickelt hatte, war eine vollständige Computertomographie durchgeführt worden. Das Ergebnis sah Zoe nun in Form eines 3D-Bildes auf dem Tablet. Von den Organen mochte ja primär Matsch übrig sein, aber die Knochen waren klar zu erkennen.

»Interessant«, sagte sie leise und scrollte mit Wischgesten über die Bilder.

»Und, was denkst du?« Thomas war zu ihr getreten.

»Die Größe hat ja bereits auf einen Teenager schließen lassen. Die ausgeprägten Handwurzelknochen bestätigen das, Wachstumsfuge am Schlüsselbein ist noch nicht geschlossen. Zwischen 16 und 21 würde ich sagen.«

»Denke ich auch.« Thomas beugte sich etwas vor und rückte sein Brille zurecht. »Die Beckenform deutet auf eine Frau hin.«

»Hier an der Schädelbasis ist ein klarer Bruch zu erkennen, das dürfte die Todesursache sein.« Zoe schürzte die Lippen. »Der Schlag kam ziemlich wuchtig, bei dieser Auswirkung. Rückstände sehe ich keine mehr. Moment ... was ist denn das?«

»Zahnsplitter«, sagte Thomas. »Ich habe auch erst gerätselt. Jemand hat alle Zähne entfernt, dabei sind aber Bruchstücke im Kiefer zurückgeblieben.«

Zoe zoomte noch weiter auf das Bild und war im Stillen für hochauflösende CTs dankbar. »Was ist denn das für ein Loch im Schädel?«

Thomas betrachtete mit gerunzelter Stirn die Aufnahme. »Interessant, das hatte ich bisher nicht gesehen. Ein Schuss war das nicht.«

Zoe schüttelte zur Bestätigung den Kopf. »Keinesfalls. Eine Kugel hätte im Schädel ganz anders gewütet, das sähe nicht mehr so aus. Ich kann auch keinen Austrittspunkt feststellen. Aber was ist es dann?«

Das Loch besaß den Durchmesser einer 2-Cent-Münze. In Gedanken ging Zoe frühere Fälle durch. Letztlich lag jeder Verletzung, jeder Wunde, ein Muster zugrunde. Und die neigten dazu, sich zu wiederholen. Ohne weitere Kenntnisse konnte sie hier jedoch keine Zuordnung treffen.

Sie scrollte nach unten, den Torso herab bis zu den Füßen. Hier stoppte sie noch einmal. »Siehst Du das auch, Thomas?«

»Ein weiteres Rätsel.« Thomas atmete tief durch.

»Als hätten wir nicht schon genug.«

»Die Zehen sind gebrochen. Vielleicht durch den Transport?« In Gedanken sah Zoe, wie jemand die Leiche in den Kofferraum lud, den Deckel schloss und die Zehen dabei einklemmte. Sie würde sich ein paar Referenzen anschauen müssen, um die Bruchstellen abzugleichen.

»Da hat sich jemand verdammt viel Mühe gegeben, alle Spuren zu beseitigen.«

Zoe legte das Tablet beiseite. Mit einem Schnalzen zog sie die Gummihandschuhe über, Schutzkleidung trug sie bereits. Normalerweise hätte Thomas die Edelstahlliege mit Wasser bespritzt, damit der Leichnam besser bewegt werden konnte. In vorliegendem Fall war das unnötig. Glitschig war die ganze Sache sowieso bereits.

Neben den üblichen Utensilien hatte Thomas auch einen kleinen Koffer mit Probebehältern aufgestellt.

»Mira, Diktiergerät bitte.«

Als Sektionsassistentin war Mira nicht nur zuständig für die Schriftführung, sie bediente auch das Diktiergerät. Die meisten Kollegen übernahmen das selbst und brüllten obendrein über jede Oszillationssäge hinweg in das Mikro. Zoe hatte einen anderen Stil entwickelt und war froh, dass ihr Team mittlerweile wie eine gut geölte Maschinerie funktionierte.

Sie nannte das heutige Datum. »Obduktionsleitung Doktor Zoe Iyeke Schwäfel, Doktor Thomas Schmitt. Assistenz durch Mira Tierbach. Unbekannte Leiche, vermuteter Todeszeitpunkt liegt 15-20 Jahre zurück. Weiblich, Alter zwischen 16 und 21 Jahre. Multiple Traumata wurden durch Computertomographie festgestellt und werden jetzt durch Obduktion verifiziert. Primäre Organe befinden sich in zersetztem Zustand, partiell liquide Form. Wir beginnen mit der Probeentnahme.«

Mit schnellen Griffen arbeiteten sich Thomas und sie am Körper entlang. Wo eine Unterscheidung möglich war, füllten sie Gewebereste in verschließbare Behälter, die später unter dem Mikroskop untersucht werden würden. Dabei entdeckten sie auch Kleinstlebewesen, die sich mittlerweile abgelagert hatten.

»Die liquiden Reste weisen keine sichtbaren Faserrückstände auf, die Leiche war aller Wahrscheinlichkeit nach nackt. Bitte um Verifizierung.«

»Wir haben hier außerdem Larvenbildung«, warf Thomas ein. »Ich ergänze die Proben, da sollte ein anthropologischer Forensiker draufschauen. Einige sind abgestorben. Das könnte darauf hindeuten, dass die Larvenbildung bereits eingesetzt hatte, aber kurze Zeit später eine luftdichte Versiegelung stattfand, wodurch ein Absterben einsetzte.« Eine Theorie, die sehr wahrscheinlich war, vermutete Zoe. Falls die Leiche in der Wand abgelegt worden war, hatte jemand sie dorthin transportiert. Kleinstlebewesen fanden schnell ihren Weg in tote Körper. Dann waren sie in dem Plastiksack mit eingemauert worden, und die Konservierung hatte eingesetzt.

»Probeentnahme abgeschlossen«, führte sie schließlich weiter aus.

»Ergänzende Abstriche erfolgen an der Plastikfolie. Aber wir machen zuerst hier weiter. Öffnung der Leiche ist in vorliegendem Fall nicht notwendig, Zustand der Hautschichten nicht feststellbar. Hinweis fürs Protokoll: Einstiche sind damit nicht nachweisbar.«

Letzteres konnte oftmals ein Fingerzeig auf Vergiftungen oder – weitaus öfter – Drogenmissbrauch sein.

Zoe betrachtete die Schädeldecke genauer. »Schädeltraumata des CTs bestätigt, punktueller Aufprall, die Knochen sind eingedrückt und um die Schlagstelle rissig. Lineal bitte.«

Thomas reichte es ihr.

»Das münzgroße Loch hat einen Durchmesser von 3,5 mm.« Sie gab Mira ein Zeichen, das Diktiergerät auszustellen. »Dazu irgendeine Theorie?« Sie ging näher heran.

»Wie bereits gesagt, keine Schusswaffe.« Mira wirkte unsicher. »Das Projektil ist sehr klein. Und wenn man den Schusskanal weiter ... also ...« Sie schluckte.

Zoe gab ihr Zeit. Fachlich war die junge Sektionsassistentin eine der Besten. Doch an Selbstbewusstsein mangelte es ihr. Immer wieder zog sie die Schultern ein, machte sich selbst klein oder verlor mitten im Satz den Mut.

»Nur raus damit«, sagte Zoe lächelnd.

»Der Kanal hätte auf der Vorderseite auf Höhe der Wange eine Austrittswunde erzeugt.«

Thomas betrachtete die entsprechenden Flächen. »Alles sauber, nicht einmal eine Delle. Dann kann es aber auch kein längerer Spazierstock gewesen sein.«

Die Holmes-Watson-Runde begann. Der Hauptteil ihrer Arbeit war die reine Analyse von Fakten und daraus die Ableitung von Todesart und Zeitpunkt. Das nannten sie unter sich den Holmes-Teil. Gleichzeitig machte es aber auch Spaß, darüber zu theoretisieren, was die Tatwaffe gewesen sein konnte. Das war der Watson-Teil.

»Ein Schürhaken.« Mira holte aus und deutete einen Schlag an. »Wenn die Spitze mit Wucht durch die Knochenbarriere dringt, würde der Haken nur ein kleines Stück in den Schädel reichen. Nicht weit genug, um eine andere Stelle zu beschädigen.«

»Können die Mörder sich nicht mal was Spannenderes einfallen lassen?«, sagte Thomas. »Ich meine letzte Woche war es der Baseballschläger, also echt.«

»Immerhin war sofort klar, dass es der Austauschstudent war«, merkte Zoe an. »Stelle dir vor, jemand hätte ihn ... mit einer Fußballsocke stranguliert. Das hätte die Suche so richtig schwer gemacht.«

Mira lachte leise. »Und uns um ein paar spannende Spiele gebracht.«

»Du schaust Fußball?«, fragte Thomas verdattert.

»Wenn du jetzt was Falsches sagst, probiere ich das mit der Fußballsocke, und zwar mit einer vom FC KÖLN, an dir aus.« Mira kniff ihre Augen zu schmalen Schlitzen zusammen.

»Na jetzt schau mal, wie du da wieder rauskommst«, Zoe grinste süffisant. »Du Macho.«

»Tut mir leid. Ich strecke die Waffen und lade dich zum nächsten Spiel ein?«, machte Thomas ein Friedensangebot.

»Inklusive Verpflegung.« Mira streckte die Hand aus.

»Deal.« Sie schlugen ein.

»Mal ehrlich, wir sollten lokalen Firmen anbieten, ein Mitarbeitercoaching in der Rechtsmedizin zu veranstalten. Danach sind die alle best Friends und schließen Deals.« Zoe richtete ihr Augenmerk zurück auf die Leiche.

»Oder kündigen«, warf Thomas ein. »Traumatische Erfahrung und so.«

»Mach mir mein Geschäftsmodell nicht kaputt«, sagte Zoe, mit Gedanken aber bereits wieder bei der Toten.

Eine junge Frau – möglicherweise ein Teenager – verschwand spurlos, und das Rätsel blieb fünfzehn Jahre ungeklärt. Irgendwo gab es jemanden, der auf eine Antwort wartete. Genau wie Maike und sie es noch heute taten. Nach jener einen verdammten Nacht in Niederteerbach.

»Wir machen weiter«, sagte Zoe.

Mira schaltete das Diktiergerät wieder ein.

»Abschließend legen wir durch vorsichtige Entfernung der Liquidschicht den Magenrest frei«, sprach Zoe weiter.

Gemeinsam mit Thomas ging sie bedächtig zu Werke. Tatsächlich kamen klumpige Reste einer zähen Flüssigkeit zum Vorschein.

»Okay, das wird schwierig.« Thomas entnahm den Inhalt und gab ihn in eine Tüte.

Normalerweise wurde die Wette auf den Mageninhalt vor dem Start der Obduktion abgegeben. Hier hatten sie gar nicht damit gerechnet, noch etwas zu finden.

»Das meiste ist nicht mehr identifizierbar, da muss jemand mit dem Mikroskop ran«, sagte Zoe, den Blick auf die Tüte gerichtet. »Aber was sind das für Brocken?«

Sie starrten alle drei auf den rätselhaften Inhalt.

»Moment.« Zoe schnippte mit dem Finger. »Das Zeug kenne ich doch.«

»Jetzt bin ich gespannt.« Thomas verschränkte die Arme und schmunzelte.

»Die Zwillinge haben sich einmal im Schwimmbad heimlich an Sarahs Tüte mit Gummibärchen bedient«, erklärte Zoe. »Haben sich total vollgestopft und dann auch noch Cola getrunken.«

Sie dachte mit Grauen an ihre beiden Fünfjährigen zurück, die mit Zuckerschock und auf Koffein den Tag zur Hölle gemacht hatten. Bis zum Abend hatte die flüssige Cola dafür gesorgt, dass die Gummibärchen im Magen aufgequollen waren. Dann kam die Nacht. Leonie und Laura hatten sich abwechselnd übergeben.

Zoe erzählte, was damals geschehen war. »Mark und ich hatten kaum Schlaf. Das Ergebnis des Tages auf den Kopfkissen, sah so ähnlich aus.«

»Gelatinereste.« Thomas nickte. »Japp, das könnte hinkommen. Unsere Tote hatte also kurz zuvor Süßigkeiten gegessen. Welche Sorte?«

Er sah fragend zu Zoe.

Sie gab ihm einen Knuff in die Seite. »Haha. Da kann ich leider nicht weiterhelfen. Und ich wage zu bezweifeln, dass wir das noch rauskriegen. Aber ich halte es im Protokoll fest.«

»Wenigstens wurde mir dieses Mal das Mittagessen nicht verdorben«, frohlockte Mira.

Unweigerlich richteten sich Zoes Gedanken auf den kommenden Abend. Mark hatte den Einkauf mittlerweile bestimmt erledigt, und es war dafür an ihr, zu kochen. Sie würden gemeinsam mit Maike essen und Zoe freute sich bereits darauf.

»Dieser selige Blick macht mir Angst«, kommentierte Thomas prompt.

»Das hatte hoffentlich nichts mit dem Mageninhalt zu tun.«

»Wenn du weiter so frech bist, darfst du den Bericht für Staatsanwalt Grasso schreiben. Der hat mir die Obduktion freigegeben, muss die Ermittlungen aber noch offiziell starten und ich gehe jede Wette ein, dass ich in meinem Büro eine E-Mail mit dem Betreff ASAP – so schnell wie möglich – habe.«

»Ich mache sauber, du tippst den Bericht?« Thomas sah sie hoffnungsvoll durch seine Brille an.

»Deal. Schon wieder.«

Damit kamen sie zum Ende. Zoe bat Mira, die Aufnahme ebenfalls in den Cloud-Ordner des Falls zu laden, streifte ihre Schutzkleidung ab und verließ den Raum. Sie würde Grasso einen ersten Überblick verschaffen mit Verweis auf CT-Bilder und einem vorläufigen Fazit. Das genügte, um den Mordfall offiziell zu starten. Der vollständige Bericht folgte morgen, die Auswertung des Labors in zwei bis drei Tagen.

Beschwingt betrat sie ihr Büro und machte sich an die Arbeit.

4. Kapitel

»Tut mir leid, das letzte Schlagloch habe ich nicht gesehen.« Lukas wirkte ehrlich zerknirscht.

Sie hatten den Bauhof von Johannes Roth erreicht, und kurz hinter der Zufahrt hatte Maike darauf gedrängt, anzuhalten. Als Lukas endlich ausgestiegen war, griff sie nach dem kleinen Hebel an der rechten Seite unter dem Vordersitz und schob diesen nach vorn. Der Ausstieg glich einem Pressen und Drücken, als wolle sie sich aus einem Schlauch befreien.

»Richtig, das war das fünfte Schlagloch, mein Hintern hat mitgezählt.« Endlich hatte sie diese fahrende Gefängniszelle verlassen.

Glücklicherweise schien Lukas ihren panischen Blick der Fahrweise zuzuordnen. Er wusste nichts von ihrer Platzangst, wie auch sonst fast niemand. Und so sollte es auch bleiben.

»Also mir wäre ja ein anderes Dienstfahrzeug auch lieber. Aber die Bürgermeisterin wollte eben ...«

»Schon klar. Grüne Wende für Niederteerbach. Man sollte der Frau Bürgermeisterin mal sagen, dass es heutzutage auch andere Elektromodelle gibt.«

»Ach, das würden Sie tun?«, freute sich Lukas.

»Ich kann mir nichts Schöneres vorstellen«, sagte Maike.

Sie nutzte die einsetzende Stille, um tief durchzuatmen und sich umzusehen. Der Bauhof von Johannes Roth wirkte weit weniger pompös, als sie sich das vorgestellt hatte. Hallen und Verwaltungsgebäude schmiegten sich aneinander, hier und da waren abgestellte Laster zu sehen.

Risse und Schlaglöcher wechselten sich mit sprießendem Unkraut ab. Der Geruch nach feuchtem Sand und Kies lag in der Luft.

»Das ist also der größte Arbeitgeber von Niederteerbach«, murmelte Maike.

»Also das jetzt nicht«, warf Lukas ein.

»Nicht?«

»Da gibt es ja noch den Rossbach, unseren Sargfabrikanten.«

Maike hatte natürlich von dem Aushängeschild Niederteerbachs gelesen.

»Ach, der ist der größte Arbeitgeber?!«

»Ja, der verschickt seine Särge in alle Welt.«

»Gestorben wird halt immer. Wenn die Mörder wüssten, wie viele Arbeitsplätze sie mit ihren Taten am Laufen halten«, murmelte Maike.

In der Ferne sah sie ein Grüppchen aus Arbeitern, die rauchend neben einer Halle standen. Viel schien gerade nicht los zu sein. Sie wandten sich dem Verwaltungsgebäude zu, als die Tür auch schon von innen geöffnet wurde.

Ein hochgewachsener Mann kam heraus, zog die Tür hinter sich zu und stieg gedankenverloren die Treppe herab. Er trug graue Chinos, darüber ein weißes Hemd und ein Jackett. Da es ihm einen Tick zu klein war, hatte er entweder zugenommen oder es von der Stange gekauft. Das Haar lichtete sich bereits deutlich, lag seitlich jedoch glatt an. Das verlieh seinem Gesicht einen hageren Anstrich, der noch durch die dunklen Ringe unter den Augen betont wurde.

»Guten Tag«, machte sich Maike bemerkbar.

»Was?« Verwirrt blickte er auf und blinzelte. »Ja, guten Tag. Kann ich helfen?«

»Kriminalhauptkommissarin Pech, Kripo Köln, Abteilung Niederteerbach, das ist mein Kollege Polizeikommissar Yilmaz.«

Sie nickte in Lukas' Richtung. »Und Sie sind?«

»Oh, Entschuldigung. Roth. Johannes Roth. Mir gehört der Bauhof.«

»Das trifft sich ausgezeichnet, mit Ihnen wollten wir sprechen.«

Er streckte ihr die Hand entgegen. Trocken, fester Händedruck. Fast schon überbetont, als wolle er ein Statement setzen.

»Wie kann ich Ihnen helfen?«, fragte er und wirkte dabei unruhig.

Maike lächelte innerlich. Am Anfang ihrer Karriere hatte sie den Fehler begangen, Unruhe bei Befragungen sofort mit einem Schuldeingeständnis gleichzusetzen. Tatsächlich waren es aber genau die unbescholtenen Mitbürger, die sich an jede Regel hielten und beim Kontakt mit der Polizei oftmals unruhig wurden.

»Können wir uns in Ihrem Büro unterhalten?«, fragte Maike. »Es geht da um eine delikate Angelegenheit.« Man musste ja nicht gleich mit der Leiche ins Haus fallen.

Roth zögerte, nickte und deutete hinter sich. »Kommen Sie.« Gemeinsam betraten sie das Gebäude. Der Gang war mit Fliesen im Karomuster ausgekleidet, die Wände in Weiß gehalten. Oder zumindest war es einmal Weiß gewesen. Links fand sich hinter einer offenen Tür der Empfangsbereich, es saß jedoch niemand am Schreibtisch.

»Halbtagskraft«, merkte Roth nur an.

Am Ende des Ganges lag ein geräumiges Büro, in das er sie führte. An der Wand hingen Bilder der guten alten Zeit. Ein voller Bauhof, Lastwagen wohin man blickte. Auf einem der Fotos schüttelte er der ehemaligen Ministerpräsidentin die Hand.

Es quietschte, als Roth sich in seinen Stuhl fallen ließ und ihnen bedeutete, sich ebenfalls zu setzen. Die Besucherstühle wirkten wackelig, hielten letztlich aber stand.

»Sie waren damals für die Arbeiten im Rathaus zuständig, korrekt?«, schoss Maike sofort die erste Frage ab.

»Das Rathaus?« Roth schien sichtlich irritiert.

Sie beobachtete ihn genau. Da war keine Regung, die darauf hindeutete, dass er von einem Verbrechen in diesem Zusammenhang wusste.

Lukas räusperte sich. »Es gab da diesen Umbau im Jahr 2006.«

»Ach, Sie meinen die Arrestzellen.« Er nickte. »Stimmt, das müsste in dem Jahr gewesen sein. Haben wir uns drum gekümmert.« Nun kam die erwartete Unruhe über ihn, wie abrupt einsetzende Flut. »Da ist doch nichts eingestürzt? Um Himmels willen.«

»Jetzt bleiben Sie mal ruhig«, sagte Maike sanft.

»Das sagen Sie so. Ist jemand zu Schaden gekommen? Muss ich meinen Anwalt kontaktieren?«

»Niemand ist durch die Bauarbeiten zu Schaden gekommen«, formulierte sie um eine klare Aussage herum. »Wenn Sie mir einfach nur meine Fragen beantworten.«

»In Ordnung.« Er nickte zögerlich.

»Haben Sie damals mit Subunternehmern zusammengearbeitet? War noch jemand involviert?«

»Nein, der Auftrag kam direkt von Frau Graefe. Also der Stadt. War ja nichts Großes, da haben wir uns sofort drum gekümmert.«

»Ich gehe nicht davon aus, dass Sie selbst vor Ort aktiv waren?«

»Meine Arbeit ist rein administrativ, ich verbringe die meiste Zeit hier im Büro.«

»Welche Ihrer Mitarbeiter waren denn für die Zellen 2006 zuständig?«

»Augenblick.« Roth fuhr seinen Computer hoch, loggte sich ein und klickte einige Minuten lang herum. »Das waren Zlatko, Kalle und der Papst.« Er las vom Bildschirm ab.

»Der Papst?«, hakte Maike nach. »Na, wenn der zuständig war, konnte er wenigstens den letzten Segen sprechen.«

»Wie bitte?« Roth starrte sie verblüfft an. »Ach so, ja über den Nachnamen darf er sich ständig Witze anhören. Moment, was meinten Sie mit ›letztem Segen‹?«

Maike beschloss, dass es an der Zeit war und berichtete von der Entdeckung der Leiche.

»Das arme Ding«, sagte Roth daraufhin und schüttelte den Kopf. »Es ist schrecklich, wenn man die Chance auf eine Zukunft verliert. Krankheit, das Schicksal ...«

»... in dem Fall war ein rücksichtsloser Mörder verantwortlich«, unterbrach ihn Maike.

»Frau Pech, für meine Jungs lege ich die Hand ins Feuer.«

»Sie wären überrascht, wie viele sich die bereits verbrannt haben. Aber ich behalte das mal im Hinterkopf. Ist es möglich, mit den drei Mitarbeitern zu sprechen?«

Roth stand auf, öffnete das Fenster und streckte den Kopf hinaus. »Kalle!« Stille. »Kalle!«, brüllte er mit einem Bariton, den Maike ihm nicht zugetraut hätte.

»Wat is?«, kam es von weit entfernt.

»Sind die anderen beiden bei dir?! Du weißt schon: Der Zlatko und der Papst?«

»Nich' so richtig.«

»Schaff sie her. Alle drei in mein Büro!«

»Unterwegs!«

Roth schloss das Fenster wieder. Maike dachte sehnsüchtig daran, wie schön doch so ein Fenster war, über das man die Kontrolle besaß. Kein halbes, das vom Nachbarbüro aus geöffnet werden musste.

»Ist Ihnen an dem Auftrag oder der Durchführung etwas aufgefallen?«, fragte Maike. »Gab es Verzögerungen? Irgendwelche Probleme.«

»Nicht, dass ich wüsste. Wir haben hier keine so große Fluktuation, beschäftigen aber durchaus Saisonarbeiter oder projektbezogene Aushilfen.«

»Aber in dem vorliegenden Fall gab es nur diese drei?«

Wie aufs Kommando betraten besagte drei das Büro. Sie trugen Jeans und einfache Karohemden.

»Da wären wir.«

Maike erkannte an der Stimme sofort, dass es sich um Kalle handelte.

»Rein mit euch. Tür zu.«, sagte Roth.

Alle drei machten einen Schritt und blieben stehen. Als wären sie zum Direktor gerufen worden, der gleich eine Standpauke halten wollte, hielten sie sich die Fluchtroute offen.

»Das ist die Frau Pech, unsere neue Kommissarin im Ort«, erklärte Roth.

»Und das ist Lukas Yilmaz, den kennt ja der eine oder andere von euch.« Ein grimmig dreinblickender Mann mit Dreitagebart und Oberarmen so dick wie Stahlträger grunzte daraufhin verärgert.

»Das ist der Herr Zlatko Maric«, sagte Lukas. »Wurde letzte Woche geblitzt. Sein Führerschein wird wohl eingezogen.« Lukas schaute schulterzuckend zu ihr herüber.

»Und Sie sind dann der Papst?«, fragte Maike an den Letzten des Trios gewandt.

»Karol Papst.« Er nickte ihr knapp zu.

Rein äußerlich hätte Maike ihn eher als Türsteher eingeordnet. Breite Schultern, kurzes Haar, leichter Bauchansatz. Das Kölsch auf dem Bau verdarb einfach jede Figur.

»Es geht um die Arrestzellen von 2006«, erklärte Roth.

»Ah, wusste ich es doch.« Der Papst verschränkte mit einem seligen Lächeln die Arme. »Das habt ihr jetzt davon.«

»Red kein Blödsinn«, sagte Kalle. »Das war saubere Arbeit.«

»Scheinbar nicht, sonst wäre ja nichts eingestürzt«, konterte Papst.

»Wieso denkt hier eigentlich jeder ständig, dass etwas einstürzt?«, fragte Maike an Lukas gewandt.

»Erfahrungswerte?«, erwiderte der.

»Und dann auch noch die Bauleute selbst.« Maike schüttelte den Kopf.

»Das ist nicht gerade vertrauenserweckend.«

»Da war nix gepfuscht«, stellte Kalle klar. »Alles saubere Arbeit.« Er schlug Zlatko mit der Hand auf die Schulter. »Sag auch mal was.«

»Alles sauber«, erklärte der.

»Da habe ich was anderes gesehen.« Der Papst nickte Maike auffordernd zu. »Jetzt sagen Sie doch auch mal was, Frau Kommissarin.«

»Ja, äh, danke. Das hatte ich tatsächlich gerade vor. Wer von Ihnen war denn zuständig für die Wände und das Verputzen«

»Alle drei«, sprang Roth ein. »Aber nicht zur gleichen Zeit.«

»Ne, ich bin ja einen Tag ausgefallen. Magenprobleme«, erklärte der Papst.

»Hast dir mal wieder zu viel Weihwasser hinter die Binde gekippt«, stichelte Kalle.

Maike maskierte ihr abruptes Lachen mit einem Husten. »Jetzt bleiben wir alle mal ruhig. Wie lief das Ganze also ab?«

»Der Zlatko und ich waren freitags zugange. Aber das war alles recht knapp. Deshalb haben wir noch jemanden angefordert. Von ner anderen Baustelle.«

»Richtig, daran hatte ich gar nicht mehr gedacht.« Roth begann wieder eifrig mit seiner Computermaus zu klicken.

»Haben zu dritt alles schön vorbereitet und verputzt«, erklärte Kalle.

»Also ›schön‹ ist jetzt Auslegungssache«, sagte der Papst. »Wenn ich dabei gewesen wäre, hätte es das nicht gegeben. Pfusch.«

»Du kannst dich ja mal mit dem Zlatko vor der Tür darüber unterhalten«, schlug Kalle vor.

»Vor der Tür«, bestätigte Zlatko.

»Oder wir bleiben jetzt alle mal ruhig.« Maike hatte jetzt genug. Ihr Geduldsfaden war kurz vor dem Reißen. »Also Sie beide waren dann am Freitag zugange mit ihrem dritten Kollegen, der gerade nicht hier ist. Und am Montag waren Sie dann alleine dort, Papst. Ich meine: Herr Papst?«

»Ging ja quasi nur noch um die Fliesen. Habe ich angebracht. Aber mit der einen Wand war das eine Herausforderung.«

»Die neben der Toilette?«, fragte Maike.

»Total verpfuscht.« Papst nickte.

»Noch einmal und du fängst dir eine«, sagte Kalle.

»Schluss jetzt!«, rief Maike. »Ist Ihnen denn etwas aufgefallen? An der Wand meine ich? Abgesehen von der ... offensichtlichen Problematik?«

»Nicht wirklich. Was denn noch?«, fragte Papst.

»Jemand hat eine Leiche hinter den gefliesten Rigipsplatten eingemauert. Haben wir heute am späten Morgen gefunden«, erklärte sie.

»Ha.« Jetzt war es Kalle, der triumphierend die Arme verschränkte. »Sag ich doch, kein Pfusch. Da war noch mal einer zugange.«

»Jemand anderes«, ergänzte Zlatko.

»Wäre das denn möglich?«, fragte Maike. »Dass sich eine Person an dem Wochenende Zutritt verschafft hat? Lässt sich so eine verputzte Rigipswand wieder öffnen?«

Jetzt wirkte auch Papst nachdenklich. »Könnte schon sein. Ich dachte noch, dass der Verputz nicht so ausgehärtet ist, wie er sein sollte. Hätte ja eigentlich von Freitag bis Montag Zeit gehabt, zu trocknen. Falls aber noch mal jemand da war ...« Papst wandte sich seinen beiden Kollegen zu. »Also, das tut mir jetzt leid. Fünfzehn Jahre lang habe ich gedacht, ihr habt da so ... na ja.«

»Ach, Schwamm drüber.« Kalle winkte ab. »Gehen wir ein Kölsch heben.«

Alle drei verließen den Raum.

Maike starrte ihnen verdattert hinterher. »Ja klar, gehen Sie nur. Wir sind hier so weit fertig.«

Roth lachte leise. »Das sind schon drei, jeder eine Nummer für sich.«

»Und wer war die Nummer vier?«, fragte sie.

»Das wäre der Petro Dwarkis«, erwiderte der Bauunternehmer. »Netter Kerl, hat einige Monate als Aushilfe bei mir gearbeitet. Ich habe ihn als Springer eingesetzt. Wo immer es gebrannt hat, durfte er löschen. Hat aber einige Tage nach der Arbeit im Rathaus gekündigt.«

»Welche Begründung?«, hakte Maike nach.

»Keine. Ich habe morgens hier einen Brief gefunden. Der kam schon gar nicht mehr hierher. War jetzt kein Weltuntergang, aber Pluspunkte hat er nicht gesammelt. Dabei war der wirklich fleißig, hat gute Arbeit gemacht. Den hätte ich sofort fest angestellt.«

»Sie haben also keine Adresse?«, fragte sie.

»Während seiner Zeit bei uns hat er in der Pension Raibach gewohnt, aber wohin es dann ging, weiß ich nicht. Vielleicht zurück nach Griechenland?«

»Wir prüfen das. Schicken Sie mir seine Daten bitte per Mail. Hier haben Sie meine Karte. Falls Ihnen noch was einfällt, melden Sie sich. Vielen Dank.«

Sie verabschiedeten sich und standen Minuten später gemeinsam wieder auf dem Hof. In der Ferne sahen sie Kalle, Zlatko und den Papst, tatsächlich mit einem Kölsch in der Hand.

»Die haben vermutlich unter jedem Sandberg ein Depot angelegt.« Maike schüttelte nur den Kopf. »Wenigstens konnten wir ein Missverständnis ausräumen, das sich fünfzehn Jahre lang gehalten hat. Niederteerbach, hier kommt Maike Pech. Wir machen gebrochene Männerseelen wieder heil.«

Während sie auf den Twizy zugingen, klingelte Maikes Smartphone. Auf dem Display war die Nummer von Zoe zu sehen. Sie nahm sofort ab.

»Du hast Glück, meine Audienz beim Papst ist gerade zu Ende gegangen«, meldete sich Maike.

»Lass mich raten, du hast gebeichtet«, sagte Zoe. Sie lachte leise. »Das hätte länger gedauert.«

»Du hast direkt die nächste Audienz, wenn auch eher die weltliche Version. Morgen früh sollst du gefälligst bei deinem Chef antanzen.«

»Mist, ich wollte ihn eigentlich schon längst anrufen.«

»Das hat der Staatsanwalt übernommen. Der Fall ist jetzt offiziell. Du darfst quasi deinen ersten Rapport abgeben.«

»Wehe du hast eine Uhrzeit vereinbart. Ich kenne dich doch!«

»8:30 Uhr in seinem Büro. Persönlich. Wir müssen deinen Rhythmus noch ein wenig anpassen.«

Ihre beste Freundin hatte es sich in den Kopf gesetzt, jeden in ihrer Umgebung zu einem frühaufstehenden Fitnessfanatiker mit Öko- Ernährungsplan umzuformen. Ausnahmen bildeten nur das Abendessen. Maike linste auf die Uhr. »Und das wolltest du mir nicht beim Abendessen sagen? Wir sehen uns doch sowieso gleich.«

»Ah, richtig. Da war noch was.« Stille.

»Ja?«, hakte Maike schließlich nach.

»Wir wissen, wer die Tote ist.«

5. Kapitel

Der Nachmittag war längst angebrochen, als sie die Wache wieder erreichten.

Maike schwor sich hoch und heilig, nicht noch einmal in diesen Twizy zu steigen.

»Da sind Sie ja«, wurde sie von Gabi begrüßt, die wie ein Häufchen Elend an ihrem Tisch saß.

»Der Horst hat jetzt aber nicht noch eine Leiche entdeckt?« Maike prüfte die Wände des Büros mit einem schnellen Blick.

»Wir wissen, wer es war«, kam es leise von Gabi. »Die Frau Schwäfel hat bei der Obduktion etwas entdeckt, das wollte sie Ihnen telefonisch mitteilen.«

»Ein Mädchen namens Julia Stoffels, sie hat es mir schon durchgegeben. Staatsanwalt Grasso weiß jetzt auch Bescheid, den lerne ich morgen endlich kennen.« Der Informationsfluss war an diesem ersten Tag noch ein wenig chaotisch.

»Aber das ist doch eine gute Nachricht, Gabi. Zoe hat erzählt, dass du sofort die Verbindung herstellen konntest.«

Lukas setzte sich erwartungsvoll hinter seinen Schreibtisch.

»Das war mein Fall, damals«, erklärte Gabi nach kurzem Schweigen.

»Soweit man überhaupt von ,Fall‘ sprechen kann.«

»Oh.« Maike zog sich den Besucherstuhl heran und nahm Platz. »Und du machst dir Vorwürfe, weil du ihn damals nicht lösen konntest?«

Gabi wandte sich dem Aktenstapel neben ihr zu, der eindeutig aus dem Archiv stammte. Die Kartonage war verblichen, ebenso die Papiere, die zwischen Aktendeckeln hervorlugten. Sie nahm die oberste und reichte sie Maike.

»Diese Sache hat ganz schön Wirbel gemacht, weil der Sohn meines ehemaligen Chefs der Freund von Julia Stoffels war.«

»Deshalb ging die Ermittlungshoheit an dich.« Maike nahm die Akte entgegen.

»Es blieb gar keine andere Möglichkeit. Das ist fünfzehn Jahre her, damals hatte ich mit solchen Ermittlungen noch nicht so viel Erfahrungen gesammelt. Und dann musste ich meinen eigenen Chef befragen. Wobei Julia ja auch lediglich verschwunden war. Es war also ein Vermisstenfall, von Mord ist keiner ausgegangen.«

Maike öffnete die Akte und betrachtete das Bild auf der ersten Seite. Julia Stoffels war ein hübsches Mädchen gewesen. Sie lächelte sanft, trug auf dem Porträtfoto einen weißen Pullover. Das blonde Haar war lang und glänzte seidig.

»Sie war im letzten Jahr ihres Abiturs«, las Maike vom ersten Blatt mit den Basisdaten ab.

»Und niemand hätte gedacht, dass sie es schafft«, sagte Gabi.

»Wie kommt's?«, hakte sie sofort nach. »Schlechte Noten?«

»Im Gegenteil, das Mädchen war eine der schlausten Schülerinnen in der Klasse. Leider hatte sie weniger Glück mit der Familie. Die Mutter war tot, Autounfall. Der Vater ein Trinker. Sie kam ständig mit irgendwelchen Verletzungen in die Schule, wollte aber nicht damit herausrücken, woher die stammen. Das Jugendamt hat alles geprüft. Leider konnten sie nichts Auffälliges finden. Damals habe ich nach ihrem Verschwinden auch den Arzt befragt, um herauszufinden, ob es Erkrankungen gab. Da hat er mir das Röntgenbild gezeigt, auf dem ein Mehrfachbruch zu sehen war.«

»Und den konnte Zoe bei der Obduktion entdecken.« Maike blätterte weiter und überflog hier und da die Notizen. Schließlich schlug sie erneut die erste Seite auf. »Die Akte ist ziemlich dünn.«

Gabi schluckte. »Letztlich hatte der Klassenlehrer sie als vermisst gemeldet. Julia wollte unbedingt nach Indien, das war im Freundeskreis weithin bekannt. Dennis wollte sie begleiten. Aber die Reise sollte eben erst *nach* der Verleihung des Abi-Zeugnisses stattfinden.«

»Dennis ...?«

»Dennis Walterscheidt«, erklärte Gabi. »Der Sohn meines Chefs. Die beiden wollten nach dem Abi losziehen. Trampen durch Europa und dann mit dem Flieger weiter bis nach Indien. Der Klassenlehrer hatte es lediglich gemeldet, weil sie alleine und schon früher verschwunden ist.«

»Und es gab keine Daten zu einem Flugticket?«, hakte Maike nach.

»Zumindest habe ich keine gefunden. Aber Julia wollte eben zuerst trampen, um etwas von Deutschland und Europa zu sehen. Der Flug wäre dann ganz am Ende von Bulgarien aus gegangen. So hat das der Dennis erzählt.«

»Und wie hat der auf dich gewirkt?«

»Er war felsenfest davon überzeugt, dass sie früher losgezogen ist. Sie hat wohl öfter mal ihre Meinung geändert, je nachdem, wie es zu Hause gerade lief.«

Ein Gedanke, den Maike durchaus nachvollziehen konnte. Sie hatte mit ihrer Familie Glück gehabt, bei zu vielen jungen Menschen war das anders.

»Da sie weiterhin verschwunden blieb, musste ich die Ermittlungen irgendwann einstellen«, sagte Gabi. »Julia war volljährig und Gründe für ihr Verschwinden gab es zuhauf. Sie war abgehauen und hatte den Kontakt vollständig abgebrochen, Hinweise auf ein Verbrechen lagen nicht vor.«

»Das ist eine verständliche Schlussfolgerung.« Maike warf ihr einen sanften Blick zu. »Ich wäre da auch nicht anders vorgegangen.«

Gabi schluckte. »Danke, dass Sie das sagen.«

»Ich spreche jetzt mal mit meinem Chef und studiere diese Akte. Lukas, Sie gehen bitte die gesamte Zeugenliste durch und aktualisieren mir die Adressen für die Zweitbefragungen.«

»Alles klar.« Seine Finger flogen bereits über die Tastatur.

»Und du«, sie fixierte Gabi mit einem pech'schen ›keine Widerrede‹-Blick,

»gehst jetzt zu deinem Mann, trinkst einen Kaffee und kommst erst mal wieder zu dir. Hier kannst du momentan nichts tun und ich brauche dich morgen früh ausgeruht. Diese Sache wird hier im Ort Wellen schlagen.« Gabi nickte tatsächlich und verließ kurz darauf das Büro. Es tat Maike weh, die sonst so herzliche und selbstbewusste Frau derart aufgewühlt zu sehen. Sie selbst hatte im Verlauf ihrer Arbeit auch bereits falsche Schlüsse gezogen und Fehler begangen, wer tat das nicht? Man lernte irgendwann, damit zu leben.

»Sie wird wieder«, sagte sie als sie Lukas' besorgten Blick sah. »Ein paar Stunden verarbeiten und morgen geht sie mit doppelter Tatkraft ans Werk.«

Er nickte und arbeitete im Stillen weiter.

Eine Stille, die kurz darauf gnadenlos unterbrochen wurde. »Frau Pech, haben Sie es schon gehört?«

Bürgermeisterin Graefe stand im Türrahmen.

»Was denn?«

»Die Tote, das war wohl diese Julia Stoffels.«

Verdutzt erwiderte Maike den Blick. »Ich bin die ermittelnde Kriminalhauptkommissarin, natürlich habe ich gehört, wer sie ist.«

»Ja, richtig, richtig. Nichts anderes wollte ich andeuten. Falls Sie Hilfe zu den Hintergründen benötigen oder Informationen ...«

»Danke, aber wir kriegen das schon hin. *Wir* sind die Polizei, wissen Sie.«

»Dann darf ich Sie kurz bitten, mich nach unten zu begleiten. Auf den Parkplatz.«

»Ich muss ein dringendes Gespräch mit Köln ...«

»Es dauert nur fünf Minuten. Ihr Dienstfahrzeug wartet.« Dabei strahlte die Bürgermeisterin, als wäre der gesamte Raum bis obenhin mit Fotografen gefüllt.

»Also diese fünf Minuten nehme ich mir.« Maike folgte Frau Graefe hinaus. »Darüber wollte ich sowieso mit Ihnen sprechen.«

»Ja, mir wurde schon berichtet, dass es Probleme gab.«

»Wie bitte?«

»Sie waren ein wenig bleich um die Nase herum und der Ausstieg war problematisch.«

Maike nahm sich vor, das Büro nach Wanzen zu durchsuchen. Und den Twizy. »Woher wissen Sie das?«

»Sie wurden gesehen.« Die Bürgermeisterin stieg vorsichtig die Treppen hinab, bei jedem Schritt klackten die Absätze ihrer Schuhe auf den Steinstufen.

»Ach, von wem denn?« Maike traute der Frau sogar zu, dass sie Informanten anwarb.

»Mir ist es wichtig, dass Sie sich hier bei uns wohlfühlen«, ignorierte die Bürgermeisterin die Frage. »Deshalb habe ich mich dazu durchgerungen, Ihnen eines unserer Schmuckstücke zu überantworten.«

»Also das ist doch mal nett.« Ein Funke Sympathie für die Frau glühte in Maikes Brust auf. »Wissen Sie, es ist doch mal was anderes, wenn man nicht ständig durch den bürokratischen Dschungel muss, um Monate später eine Antwort zu bekommen, dass es den Dienstwagen erst in einem Jahr gibt.«

»Sie haben so recht, deshalb halten wir das hier in Niederteerbach auch flexibel. Kurzer Dienstweg, schnelle Entscheidungen. Ich nenne das ›die Graefe-Lösung‹.«

So würde Maike es sicher nicht bezeichnen.

Sie verließen die Eingangshalle und traten auf den Parkplatz. Dort stand ein Mann bereit, die Kamera hing an einem Ledergurt um seinen Hals. Mit seinem Cordanzug und den Armschonern aus Leder wirkte er aus der Zeit gefallen. Darüber strapazierte der hervorstehende Bauch die Hemdknöpfe bis zum Anschlag.

»Darf ich vorstellen, Ingo Brandt, vom Niederteerbacher Tageblatt.« Die Bürgermeisterin legte wohlwollend ihre Hand auf seinen Rücken und schob ihn in Richtung Maike. »Er transportiert unsere Erfolge hinaus in die Welt.«

»In Form von Schlagzeilen.« Maike rang sich dazu durch, ihm die Hand zu schütteln. »Ihnen verdanke ich dann wohl auch den Artikel.«

»Darum hatte ich gebeten«, warf die Graefe schnell ein. »Als Auftakt zu einer Serie.«

»Eine Serie?«, echote Maike.

»Große Neuigkeiten müssen groß verkündet werden«, schaltete sich Brandt ein und trat einen Schritt zurück. Sein Haar glänzte vor Wachs.

Die Bürgermeisterin stellte sich blitzschnell neben Maike, legte ihr den Arm um die Schulter und hielt ihr einen Schlüssel vor die Nase. »Jetzt lächeln sie doch mal.«

Schon surrte und klickte die Kamera. Maike nahm den Schlüssel entgegen.

»Wunderbar. Dann überlasse ich Sie ihrem neuen Dienstfahrzeug und melde mich bezüglich der Terminabsprache für die weiteren Artikel der Serie.« Damit ließ die Bürgermeisterin sie einfach stehen und ging davon.

Maike starrte verdutzt auf das Auto, neben dem sie standen, und registrierte erst jetzt, worum es sich handelte. Der braune Nissan Cube hatte seine besten Jahre lange hinter sich gelassen.

»Schnell, flexibel und jedes Mal völlig daneben«, murmelte Maike. »Das ist die ›Graefe-Lösung‹!«

»Wo wir hier schon so nett plaudern«, meldete sich Ingo Brandt zu Wort,

»können Sie mir etwas zum Mord an Julia Stoffels sagen?«

»Nein.«

»Aber sie wurde doch in *Ihrer* Wand gefunden?«

»Es war nicht *meine* Wand, sondern die Ausnüchterungszelle des Präsidiums«, sagte Maike und bereute ihre Worte sofort.

»Also tatsächlich, die ganze Zeit vor der Nase der Niederteerbacher Polizei. Ungelöstes Verbrechen vor den Augen der Obrigkeit – Ist dieses Versagen noch zu rechtfertigen?«

»Sprechen Sie immer in Schlagzeilen?«

»Nur, wenn es nötig ist.« Brandts Augen blitzten. »Wer war gleich damals zuständig?«

»Das erfahren Sie dann durch die offizielle Pressekonferenz. Findet in Köln statt. Gute Fahrt.«

Damit ließ sie ihn stehen und kehrte ins Büro zurück.

Für einen Moment blieb sie einfach auf ihrem Schreibtischstuhl sitzen, hielt die Augen geschlossen und atmete tief durch. Dass ihr erster Tag drohte, langweilig zu sein, konnte man definitiv nicht behaupten.

Kurzerhand nahm sie den Hörer auf und wählte die Nummer ihres Chefs.

»Kriminalkommissariat 11, Jens Breuer, Kripo Köln.«

»Maike Pech, Super-Sondereinsatzkommission Niederteerbach.«

Jens lachte leise. »Eins muss man dir lassen, du verstehst es, einem ersten Tag das gewisse Etwas zu verleihen.«

»Also die Leiche habe ich nicht in die Wand gesteckt.«

Er ignorierte ihre Bemerkung. »Hätte ich das geahnt, hätte ich dir den zuständigen Staatsanwalt direkt vor Dienstantritt vorgestellt. Er war schon verblüfft, als Zoe ihn ins Bild gesetzt hat und nicht du.«

Normalerweise musste er an den jeweiligen Tatort gerufen werden, um dort die Leiche zu begutachten und offiziell die Untersuchung in Auftrag zu geben. Im vorliegenden Fall war zumindest eindeutig gewesen, dass es sich um ein Verbrechen handelte. »Beim nächsten Mal gilt mein erster Anruf ihm.«

»Das darfst du ihm morgen gerne selbst erklären. Und eine Zusammenfassung der bisherigen Ergebnisse lieferst du am besten direkt mit. Wie ich höre, gab es bereits erfolgreiche Ermittlungen?«

»Damals galt die Sache als Vermisstenfall«, erklärte Maike. »Ich gehe die Akte gleich durch. Morgen weiß ich mehr. Eine kurze Befragung habe ich vorgenommen, aber die hat nur den Verdacht bestätigt, dass jemand an der Wand zugange war, der nicht vom Fach ist.«

»Alles klar. Ich übe mich in Geduld.«

»Eines Tages möchte ich auch diesen inneren Ruhepunkt, den du irgendwie so perfekt ansteuern kannst.«

»Hat sich was mit Ruhepunkt. Momentan heißt es Windeln wechseln und die Nacht um die Ohren schlagen.«

Sie wusste, dass Jens und sein Mann André sich ihren jahrelangen Wunsch nach einem Kind endlich hatten erfüllen können. Allein der Gedanke, alle paar Stunden von einem kleinen Schreihals gewecht zu werden, ließ Maike erschauern. Und hatte man die ersten zwölf Jahre irgendwie überstanden, kam die Pubertät. Nein, Danke.«

»Bleib stark«, sagte sie mit einem Grinsen.

»Spar dir das Grinsen, ich kann es hören. Sonst wirst du als Babysitter eingesetzt. Immerhin habe ich noch etwas gut.«

»Dafür stehe ich ewig in deiner Schuld.«

Ihre Gedanken richteten sich unweigerlich auf den Grund ihrer Versetzung nach Niederteerbach, die Jens möglich gemacht hatte. Neben Zoe war er der Einzige, der die Wahrheit kannte.

»Es schöpft niemand Verdacht?«, hakte er nach.

»Die haben keine Ahnung, liegt zu lange zurück. Ist schon gruselig, dass dieser Fall Julia Stoffels solche Parallelen aufweist.«

»Vergiss nicht, aktuell darf niemand davon erfahren. Wenn nach oben publik wird, dass wir hier Nachforschungen zu damals anstellen, ist's vorbei mit unbürokratischem Vorgehen.«

»Ich hab's verstanden.« Sie warf einen Blick auf die Uhr. »Gleich geht's zu Mark und Zoe für ein Begrüßungsabendessen.«

»Oh, ich rieche förmlich das Drei-Gänge-Menü« Jens seufzte. »Kannst du dir vorstellen, dass ich gestern ein Gläschen Babybrei gelöffelt habe, weil ich so müde war und ins Bett gefallen bin.«

»Hat es wenigstens geschmeckt?«

»Sagen wir: Es ist gesund.«

Nun lachte Maike laut auf. »Mein Beileid. Aber gönn dir zwischendurch auch mal was für die Seele. Ein Kölsch mit deiner Freundin Maike zum Beispiel.«

»Schön, dass du wieder da bist.«

»Schön, wieder hier zu sein. Wir sehen uns morgen.« Jens legte auf.

Maike spürte die Wärme in ihrem Herzen, die die Gegenwart von Freunden stets mit sich brachte. Sie war gespannt auf diesen Grasso und hoffte, er nahm ihr die Abweichung vom Protokoll nicht allzu übel.

Da gab es solche und solche.

Mit diesem Gedanken machte sie sich auf den Weg zu Zoe. Sie hatten viel zu besprechen.

6. Kapitel

Maike lenkte den Wagen an Elektroautos und SUVs vorbei zu der Adresse, die Zoe ihr gegeben hatte. Das Haus hatten die Schwäfels vor einem Jahr gekauft, um endlich mehr Platz für die fünfköpfige Familie zu haben. Ihr fiel auf, dass sie Zoe lange nicht besucht hatte. Entweder war Zoe zu ihr nach Berlin gekommen oder die ganze Familie hatte sich bei Jutta getroffen. Sie war gespannt, wie Zoe und Mark es sich eingerichtet hatten.

Die Einfamilienhäuser reihten sich aneinander, Altbauten, aber auch eindrucksvolle Neubauten. Das Grün der Gärten leuchtete ihr akkurat entgegen, die Straße war sauber. Ein Pärchen mit Kinderwagen flanierte in der untergehenden Sonne vorbei. Alles wirkte familienidyllisch steril und Maike musste ihren Fluchtimpuls unterdrücken.

»Du darfst nach dem Essen wieder nach Hause fahren«, sprach sie sich Mut zu.

Was qualitativ nicht unbedingt eine Steigerung war.

Das Grundstück von Zoe und Mark war locker 200 qm groß, eher noch ein Stück mehr, wenn sie die Ansätze des Gartens hinter dem weißen Zaun betrachtete. An das Haus schloss sich rechts ein überdachter Parkplatz mit Ladesäule an.

Kurzerhand parkte Maike quer vor Zoes SUV, sonst hätte die Parkplatzsuche sie noch Stunden gekostet.

Sie klingelte und wurde von einem freudigen Bellen begrüßt. Als die Tür geöffnet wurde, schoss ein Golden Retriever auf sie zu.

»Hallo Nele, alte Fellmütze.« Maike verteilte großzügig Streicheleinheiten.

Sie richtete sich wieder auf und sah sich Auge in Auge Sarah gegenüber.

Die Fünfzehnjährige steckte mitten in der Pubertät und warf ihr – in der einen Hand das Smartphone – einen prüfenden Blick zu.

»Begrüßt man so seine Lieblingstante?«, fragte Maike und zog ihre Nichte kurzerhand in die Arme.

Das schien ihr so peinlich zu sein, dass sie nach einem kurzen »Hi Tantchen« in ihr Zimmer flüchtete.

Maike streifte neben dem Garderobenständer ihre Schuhe ab, als auch schon Zoe aus der Küche rief: »Geradeaus ins Wohnzimmer! Sarah, Tisch decken. Mark, in fünf Minuten.«

»Alles klar!«, erklang die Stimme von Maikes Bruder aus dem Obergeschoss herab.

»Ich wäre dann in zehn Sekunden im Wohnzimmer!«, rief Maike zurück. »Was soll ich machen? Steht der Plan schon fest?«

Das Wohnzimmer entpuppte sich als weitläufiger Raum mit Glasfront zum Garten. Die Wände waren mit Steinwanddekor ausgekleidet. Vom Fußboden drang eine angenehme Wärme herauf – die Fußbodenheizung liebte sie schon jetzt.

»Mach dich nur lustig, du bekommst gleich Rizinusöl in den Rotkohl«, rief Zoe.

Sie stand hinter einer Durchreiche zur Küche und hantierte mit allen möglichen Töpfen unterschiedlicher Größe. Sarah wippte neben dem Esstisch auf ihren Fußballen und tippte mit Rechts auf ihrem Smartphone herum. Mit der linken Hand positionierte sie in Zeitlupe einen Teller nach dem anderen.

»Mit beiden Händen geht es schneller«, gab Maike ihr den entscheidenden Tipp.

Es folgte ein giftiger Blick.

»Smartphone weg«, sagte Zoe sofort. »Und schalte einen Gang hoch, sonst reden wir noch mal über deine Zeit mit dem Ding.«

»Es ist aber wichtig!«

»Die Bekämpfung des Hungers in diesem Haus ist das auch«, konterte Zoe.

»Warum muss ich immer den Tisch decken?«, fragte Sarah vorwurfsvoll.

»Weil dein Vater sich den gesamten Tag über um deine beiden Schwestern und dich kümmert, parallel seine Arbeit macht und ich hier stehe und koche.«

»Er schreibt Zeug für ’ne Frauenzeitschrift«, gab Sarah zurück. »Als Frau!«

»Und was willst du mir damit sagen?« In Zoes Augen trat ein gefährliches Funkeln.

»Hoffentlich kommt das nie raus«, machte Sarah einen Rückzieher. »Das ist echt so peinlich.«

»Mit wem schreibst du denn?«, fragte Maike, um die Wogen etwas zu glätten.

»Noah«, erwiderte sie, die Wangen nahmen einen dezenten Rotton an.

»Oh«, sagte Maike. »Dein Freund?«

»In diesem Haus kann man wirklich keine Privatsphäre haben.« Das mit dem Wogen glätten hatte offensichtlich nicht geklappt. »Das ist *mein* Leben, ich muss nicht über jedes Detail mit euch sprechen.«

Irgendwie hatte Maike die richtige Ausfahrt verpasst und konnte nicht genau sagen, warum dieses Drama gerade in die zweite Runde ging. Aber immerhin verschwand das Smartphone in der Hosentasche, und die Teller fanden – wenn auch mit deutlich zu viel Nachdruck – ihren Weg auf die Tischplatte.

Irgendwann hatte auch das Besteck seinen Platz eingenommen, die Salatschüssel stand ebenfalls, und jeder Teller war mit Rotkohl, Süßkartoffeln und Seitangulasch befüllt.

»Alles Bio«, kommentierte Zoe.

Mark betrat die Küche. Im nächsten Augenblick hingen zwei fünfjährige Mädchen an je einem von Maikes Beinen und herzten diese innig.

»Tante Maike«, riefen sie im Chor.

Die zahlreichen Videochats, Besuche zu Weihnachten und Silvester, hatten dafür gesorgt, dass die beiden in ihr keine Fremde sahen. Sie spürten intuitiv, dass Maike zur Familie gehörte.

Ihr Bruder bekam eine lange Umarmung.

»Alles gut?«, fragte er.

»Bestens.«

Er kniff ihr in die Seite. »Zugenommen?«

Sie deutete auf seine Haare. »Ist da ein Graues?«

Ein kurzes Lachen, noch eine Umarmung, dann saßen sie gemeinsam am Tisch.

»Wo ist denn Mama?«, fragte sie und häufte Rotkohl auf die Gabel.

»Hat wieder irgendein Tanzdate. Mal ehrlich, diese Frau macht zehnmal so viel, seit sie die sechzig überschritten hat. Tanzen, wandern, singen. Vor einigen Tagen hat sie begonnen, Schach zu spielen.«

»Oma Jutta ist cool«, kommentierte Sarah.

Maike lächelte bei diesem Gedanken glücklich. Ihre Mutter schien einfach alterslos zu sein, gesegnet mit einer stets positiven Ausstrahlung.

»Dein erster Tag war scheinbar spannend«, sagte Mark, ohne zu deutlich zu werden.

Maike betrachtete die Zwillinge und nickte bestätigend. Keine Gespräche über Obduktionen oder Leichen in der Wand am Esstisch.

»Die Kollegen sind wirklich nett. Die Bürgermeisterin hat etwas von einem gutmeinenden Orkan, der am Ende trotzdem Chaos hinterlässt.«

»Hauptsache die Kollegen stimmen.« Zoe führte sich die Gabel mit einem Stück Seitangulasch zum Mund. »Ich bin sowas von froh über mein Team. Da kenne ich ganz andere Sachen von Rechtsmedizinern. Wenn das Ego mit reinspielt, macht das eine gute Gruppendynamik ganz schnell kaputt.«

»Die Gabi ist total locker, du hast sie ja kennengelernt. Und Lukas ist so neu, dass er noch in diesem ›Ich will unbedingt meinen Vorgesetzten gefallen‹-Modus steckt.« Sie machte eine kurze Pause. »Den hatte ich nie.«

»Sag bloß.« Zoe schüttelte den Kopf. »Ich kann mich noch gut daran erinnern, wie du deinen ersten Chef in Berlin angebrüllt hast und danach stolz davon berichtet hast.«

»Das war aber auch ein ...« Ihr Blick fiel auf die Zwillinge. »... nicht so netter Mensch. Hat ständig alle Untergebenen in Grund und Boden gebrüllt, wenn sie den kleinsten Fehler gemacht haben. Der Peter – ein total freundlicher Kerl, schlaksiger Nerd-Typ, ein bisschen wie du, Bruderherz – ist einmal in die Toilette gerannt und hat sich übergeben. Da konnte ich einfach nicht den Mund halten.«

»Dafür musstest du danach die Ablage machen«, merkte Zoe an.

»Bis er zwei Monate später versetzt wurde. Außerdem hatte ich die Kollegen danach alle auf meiner Seite.«

»Äh, was soll das heißen, Nerd-Typ?«, hakte Mark nach.

Zugegeben, mit seinen perfekt sitzenden Jeans, dem sauber geschnittenen dunklen Haar und der modernen Brille, wirkte ihr Bruder eher wie der Typ Nerd aus dem Katalog.

»Ich meinte das jetzt positiv«, sagte Maike schnell.

»Ach, tatsächlich?«

»Hey, wenn ich dir schon mal ein Kompliment mache, genieß es schweigend.«

»Und gerade wollte ich dir ein Kölsch anbieten«, sagte Mark mit gespieltem Bedauern. »Aber wenn ich schweigen soll, geht das natürlich nicht.«

Maike stöhnte.

»Ich nehme es«, meldete sich Sarah zu Wort.

»Ja genau«, sagte Mark. »Noch ein Wodka Red Bull dazu?«

»Haben wir?« Die Augen ihrer Nichte leuchteten.

»Iss deinen Salat«, entgegnete er.

»In diesem Haus darf man gar nichts, dabei bin ich schon fünfzehn!«

»Rein rechtlich gesehen ...« Maike verstummte. Jetzt machte sie schon einen auf Lukas. »... müssen das deine Eltern entscheiden.«

»Toll. Zuerst bestimmt ihr einfach so, dass wir über Weihnachten nach Benin fahren, und jetzt darf ich nicht mal an einem Kölsch nippen. Ihr seid wie ... Lebensabschnittsdiktatoren, jawohl!«

»Dein Leben ist schrecklich.« Zoe deutete auf die Schüssel. »Magst du noch Rotkohl, Maike?«

»Danke, aber das Kölsch reicht vollkommen.«

Mark stand grinsend auf, holte eines aus dem Kühlschrank und stellte es neben ihren Teller. Sie bedankte sich mit einem schwesterlichen Klaps auf die Schulter.

Sarah tippte eifrig auf ihrem Smartphone herum, stach mit den Fingern förmlich auf das Display ein. Hätte es sich dabei um ihre Eltern gehandelt, wäre das Ergebnis ein Blutbad gewesen. Schließlich nickte sie zufrieden – vermutlich hatte sie irgendeiner Freundin gerade davon berichtet, wie unfair das Leben unter diesem Dach doch war – und stand wütend auf.

Der Salat vereinsamte unangetastet, sie stürmte hinaus.

»Geht das immer so?«, fragte Maike.

»Jeden zweiten Tag.« Mark blieb gelassen und zog den Salatteller zu sich herüber. »Hauptsache sie hat die Hauptmahlzeit aufgegessen. Jetzt schickt sie sowieso erst mal Herzchen an Noah.«

»Herzchen«, sagte Leonie.

»Wir möchten auch Herzchen«, stimmte Laura zu.

Zoe beugte sich zu ihnen hinüber und gab beiden einen Kuss auf die Stirn. »Ihr bekommt so viele Herzchen, wie ihr wollt.«

»Und lasst euch Zeit mit dem älter werden«, warf Mark leise ein. Sie aßen gemütlich zu Ende.

Erst als wirklich nichts mehr in ihren Bauch passte, lehnte sich Maike seufzend zurück, das Kölsch in der Hand. Zoe goss sich mit einem gluckernden Geräusch Rotwein in ein bauchiges Glas.

»Dann lasse ich euch beide mal quatschen«, sagte Mark. Er brachte die Zwillinge nach oben ins Bett.

»Also schön, wir ...«

»Halt, halt, halt«, stoppte Zoe. »Nicht hier. Komm mit.«

Sie nahm ein zweites Weinglas und füllte es mit Rotwein. »Für Mark, sobald er fertig ist.«

»Ihr seid echt so ein kitschiges Liebespaar«, kommentierte Maike frech. »Wenn du wüsstest, was im Schlafzimmer ...«

»Ah, hör sofort auf.«

Das Grinsen ihrer besten Freundin war das eines Teufels. Sie führte Maike die Treppe hinauf, schnappte sich am Ende des Gangs einen langen Holzstab mit Metallhaken und zog damit die Luke zum Speicher auf. Mit einem Ruck zog sie die Klapptreppe aus und stieg nach oben.

»Dein Ernst?!«, rief Maike.

»Pst!«, kam es vom Ende des Ganges. Mark lugte aus einem der Zimmer.

»Sonst bringst du sie ins Bett.« Maike trat die Flucht nach oben an.

Der Speicher entpuppte sich als geräumig und ausgebaut. Er verlief über die gesamte Breite des Hauses. Gegenüber der Einstiegsluke fiel ihr Blick auf einen selbst zusammengezimmerten Schreibtisch. Auf der Platte stand ein Mac, davor ein Stuhl.

In einem seitlichen Regal lagen Magazine, in denen Marks Artikel abgedruckt waren – sie erkannte die Reihe sofort. Daneben standen Bücher zur Forensik.

»Im Kühlschrank gibt es Nachschub.« Zoe deutete auf das koffergroße Etwas neben dem Schreibtisch.

Maike lugte hinein. »Energydrinks.«

»Bahh! Hat er sich das Zeug wieder geholt.« Sie sank in eines der beiden gewaltigen Sitzkissen.

Maike tat es ihr gleich. »Schön habt ihr es hier.«

»Frag nicht, was das für eine Arbeit war.« Zoe wedelte mit der Hand. »Ich stand kurz davor, extra Werkzeug aus der Rechtsmedizin zu beschaffen. So eine Oszillationssäge hat mehr Power als eine simple Handsäge.« Die Vorstellung war interessant, musste Maike zugeben. Aber vermutlich lag es einfach am vielen Bier.

»Hast du schon mit Jens gesprochen?«, fragte Zoe.

»War nur ein kurzes ›Hallo‹ am Telefon. Morgen kommt der Rest«, erwiderte sie. »Warum?«

Zoe griff ins Dunkel neben den Sitzsack, ihre Hand kam mit einer Akte hervor. »Er hat mir Kopien beschafft.«

Im ersten Augenblick dachte Maike, dass es sich um die Unterlagen zu Julia Stoffels handeln musste. Dann begriff sie. »Billie?«

Zoe nickte nur.

Maike starrte auf die geschlossene Akte. »Hast du schon reingeschaut?«

»Habe ich«, sagte sie. »Aber nur oberflächlich. Du siehst ja, wie dick sie ist. Eines muss man den Beamten von damals lassen, sie haben selbst den kleinsten Stein umgedreht. Es würde mich nicht wundern, wenn sie wirklich jeden Niederteerbacher befragt hätten.«

»Ehrlich gesagt habe ich gehofft, dass sie etwas Offensichtliches übersehen haben.«

Maike betrachtete die Akte und konnte sich nicht dazu durchringen, sie zu öffnen.

»Ich erinnere mich noch daran, als wäre es gestern gewesen.« Zoe holte tief Luft. »Immer wenn ich diese Augenblicke erlebe. Du weißt schon, der perfekte Sommerabend: Es war ein schöner Tag, ich bin umgeben von Freunden. Die Luft riecht nach Holz und Abend. Grillen Zirpen. Dieses Gefühl des perfekten Augenblicks, den man festhalten möchte.« Sie räusperte sich. »So war es für mich damals. Mag es auch das verdammte Niederteerbach gewesen sein.«

Maike nickte bedächtig. »Und am nächsten Morgen ist alles grau und kalt. Und jemand fehlt.«

Anfangs hatten sie gedacht, dass Billie ihnen einen Streich spielt. Später, dass sie bereits zurückgegangen war ins Landschulheim, wo der Rest der Klasse bestimmt schon wach war. Erst dort hatten sie realisiert, dass etwas nicht stimmte.

»Seltsam, oder?«, sagte Zoe leise. »Als wir es Herr Minkens gesagt haben, hatte er diesen panischen Ausdruck auf dem Gesicht. Als hätte er bereits in der ersten Sekunde begriffen ...«

»... dass etwas Schreckliches geschehen war«, vollendete Maike den Satz. »Der Albtraum für jeden Lehrer. Er hatte die Verantwortung und konnte wirklich nichts dafür, dass wir uns heimlich rausgeschlichen haben.«

Sie berührte die Akte, fuhr langsam mit der Hand über die glatte Oberfläche.

»Ich habe so viele Fälle bearbeitet und immer wieder die Muster verglichen.« Maike lächelte traurig. »Ist das auch mit Billie passiert? Ist es das fehlende Puzzlestück?«

»Und dann kam es aus ganz anderer Richtung.« Zoe tippte auf die Akte.

»Eine Kopie des Fotos ist an die erste Seite angeheftet.« Maike schlug den Deckel auf.

Da war es. Der Auslöser für ihre Versetzung nach Niederteerbach.

Ein Schwarz-Weiß-Foto, auf dem ein Mann zu sehen war, von hinten angeschnitten, an einem Büroschreibtisch sitzend. Daneben ein weiteres Bild von den Gegenständen, die man bei der Leiche in Frankfurt gefunden hatte.

»Das ist das Freundschaftsarmband«, sagte Maike leise. »Ich bin mir ganz sicher.«

Ein aus Perlen gefertigtes simples Armband. Das Besondere daran war, dass es nicht einfach nur ein Armband war. Sie hatten damals einen Freundschaftspakt geschlossen, und um diesen zu bekräftigen, hatten sie einander gegenseitig solche Freundschaftsarmbänder geflochten. Zoe das für Maike. Maike für Billie und die wiederum für

Zoe. Während es für die Ermittler in Frankfurt also nicht zuzuordnen war, hatte Maikes gesamter Körper geprickelt, als sie das Bild gesehen hatte. So viele Jahre nach dem Verschwinden ihrer Freundin war es für die Staatsanwaltschaft nicht genug Material, um den Fall wieder aufzurollen.

Die Frankfurter Polizei ermittelte nicht in diese Richtung. Zoe nickte. »Wie genau ist das abgelaufen?«

»Jemand hat eine Frau in ihrem Pensionszimmer erwürgt. Sie konnte aber in ihren letzten Atemzügen eine Lampe aus dem offenen Fenster werfen. Der Täter floh und hat dabei eine Tasche verloren. Darin befanden sich diese Gegenstände.«

»Das schreit geradezu nach Trophäen.« Zoe schluckte.

»Wir wissen doch beide, dass sie nach knapp 25 Jahren sicher nicht mehr lebendig auftauchen wird.« Maike erkannte ihre eigene Stimme kaum, so kratzig hörte diese sich an.

Schnell nahm sie einen weiteren Schluck Kölsch.

»Aber wie sollen wir das nach so langer Zeit noch lösen?«, fragte Zoe.

»Ich suche nach einem Ansatz und komme nicht weiter.«

»Vor ein paar Monaten hatten wir nichts«, entgegnete Maike. »Jetzt gibt es das Foto, das Armband, und Jens hat es geschafft, dass ich die Stelle in Niederteerbach bekomme. Damit sitze ich direkt an der Quelle. Mit jedem Fall erfahre ich mehr über diesen Ort, die Menschen und wie die Dynamik funktioniert. Irgendwer muss damals etwas gesehen haben. Ein junges Mädchen verschwindet nicht einfach so. Niemals. Schau nur, wie das mit Julia Stoffels ist. Plötzlich kommt die Wahrheit ans Licht.«

»Und dann greifen die Mosaiksteinchen ineinander«, bestätigte Zoe. »Ich finde den Mehrfachbruch – Gabi erinnert sich an ihre Ermittlungen.« Maike schwor sich, den Täter von Julia Stoffels nicht davonkommen zu lassen. Der Gedanke, den Fall zu lösen, hatte etwas Befreiendes.

Und wenn es nur dafür war, sich zu beweisen, dass niemand vergessen wurde. Am Ende kam die Wahrheit ans Licht. Mochte sie auch noch so traurig und tragisch sein. Gemeinsam mit Zoe saß sie in der Stille und folgte ihren Gedanken, die sie zurückführten in eine Nacht vor langer Zeit. In der drei Mädchen einen Fehler begingen.

Und einen schrecklichen Preis dafür zahlten.

7. Kapitel

Der Handywecker klingelte laut und erbarmungslos. Maike erwachte mit dem Gedanken an Zoe, Kölsch und einen gemütlichen Speicher. Sie blinzelte und sah ihren beiden Mitbewohnern in vier Augen.

Der Abend hatte in einer Mischung aus Wehmut und Freude über die kommende gemeinsame Zeit geendet. Maike war erst spät zurückgefahren. Gegen drei Uhr hatte sie die Wohnung betreten, um kurz darauf ins Bett zu fallen.

Crockett und Tubbs lagen auf dem leeren Platz neben ihr und feuerten vorwurfsvolle Blicke auf sie ab. Ob das an zu wenig Kraulen oder leeren Futterschüsseln lag, war Maike nicht ganz klar. Vor dem ersten Kaffee verbot sich aber jeder weitere Gedanke.

»Guten Morgen ihr beiden.« Sie kraulte zuerst Crockett, dann Tubbs. »Ihr bekommt auch gleich

Nachschub. Ich weiß, alles neu hier, außer Frauchen.«

Sie strampelte die Bettdecke beiseite, rieb sich den Schlaf aus den Augen und machte einen Schritt in Richtung Tür. Dummerweise standen die Kisten im Weg. Maike stolperte nach vorne, konnte sich gerade noch am Türrahmen festhalten, kippte aber seitlich auf den Umzugskarton. Da sie weich abgefedert wurde, befanden sich darin wohl Decken und Kissen.

»So eine verdammte Scheiße.« Sie schob den Karton beiseite.

Ihr Blick fiel auf den schlauchförmigen Gang, den sie von der Tür aus vollständig überblicken konnte. Direkt an das Schlafzimmer schloss sich das Wohnzimmer an, das gleichzeitig Durchgangszimmer war. Dahinter ging es geradeaus weiter bis zur Wohnungstür. Auf der rechten Seite zweigte dazwischen die Küche ab, links die winzige Toilette.

Maike kramte kurz in der Kiste und zog ein Handtuch hervor.

Das würde sie zukünftig in der Küche deponieren, wo sich – oh Überraschung – auch die Dusche befand.

»Die Menschen hatten damals schon seltsame Ideen«, murmelte sie. Der Vermieter – ein neugieriger älterer Herr, der hier im Haus im ersten Stock wohnte –, hatte ihr lang und breit erklärt, dass das etwas mit der Wasserversorgung zu tun gehabt hatte, mit dem Boiler und der Erwärmung. Letztlich war es ihr egal.

Andererseits galt das für manche Menschen auch noch heute, wenn sie an ihr Büro dachte. So eine Wand war schließlich schnell mal eingezogen. Maike betrat die Küche, stieg in die Dusche und ließ sich von einem heißen Wasserstrahl die Muskeln lockern. Wenigstens hatte sie gestern Nacht noch ihre pinkfarbene Senseo aus dem Karton gekramt – es war das letzte Modell an jenem Tag im Kaufhaus gewesen, und sie hätte es liebend gerne umlackiert.

Ein Schritt aus der Dusche, ein Kaffeepad einlegen, die Tasse darunter. Die Tasse! Sie musste morgen unbedingt daran denken, sie wieder zurück auf die Wache zu bringen. Summend erwachte die Maschine zum Leben.

… und verstummte.

»Also, das ist jetzt …« Ein Fingerhut Kaffee befand sich in der Tasse.

»Das nächste Mal ›borge‹ ich mir Zoes Luxusgerät. Jede Wette, darin wachsen Biobohnen und verwandeln sich von selbst in Kaffee.«

Sie beschloss, in Harrys Fressoase vorbeizuschauen, bevor sie nach Köln fuhr, dem einzigen Imbiss in Niederteerbach, und sich dort mit Koffein einzudecken. Und möglicherweise ließ sich gegenüber der Bürgermeisterin erwähnen, dass sie sich mit einer neuen Kaffeemaschine deutlich wohler fühlen würde. Kaffee für die Polizei von Niederteerbach, schnell und unkompliziert – die Graefe-Lösung. Vermutlich stand am Ende eine einsame Cafeteria im Präsidium.

Den Rest der morgendlichen Routine erledigte Maike vor dem Spiegel in der winzigen Toilette. Natürlich versorgte sie noch Crockett und Tubbs, bevor sie ihre Wohnung verließ.

Gedankenversunken näherte sie sich der Fressoase. Hinter einer Durchreiche hantierte Harald – Gabis Ehemann. Davor unter der Markise waren mehrere Tische mit Stühlen aufgestellt.

»Moin«, sagte jemand.

»Tach«, eine zweite Stimme. Sie sah auf.

An einem der Tische saß ein älterer Herr mit Krawatte und Halbglatze, vor sich einen Becher mit Kaffee. Ihm gegenüber ein noch älterer Herr, dem Pulli und Turnschuhe einen eher sportlichen Touch verliehen, der Schnauzbart war allerdings nicht mal mehr Retro.

»Guten Morgen«, sagte Maike und wäre beinahe gegen die Theke gelaufen.

Ohne Kaffee war das alles zu viel Input.

»Vorsicht, Frau Kriminalhauptkommissarin«, rief ihr der Krawattenträger zu. »Das gibt sonst blaue Flecken. Ist mir auch schon passiert.«

»Nicht mein Morgen«, grummelte sie.

»Ah, Frau Pech«, wurde sie von einem Mann hinter der Theke begrüßt.

»Schicke Schiffchenmütze.« Es wunderte sie nicht einmal, dass er sie bereits auf den ersten Blick erkannte. Gabi hatte eindeutig gebrieft.

»Ja, meine Frau hat schon erwähnt, dass Sie von der lustigen Sorte sind.« Er trat zur Kaffeemaschine, schob einen Bambusbecher darunter und betätigte die Taste.

»Woher wissen Sie …«

»Meine Frau hat erzählt, dass Sie den Kaffee auch nicht mögen.«

»Auch?«

»Das Zeug ist Wasser mit eingestreutem Pulver. Mag doch keiner. Ab jetzt bringt sie Ihnen morgens von hier was mit.« Er nickte beruhigend.

»Ich kenn das mit dem Koffeinmangel. Da verwechsle ich auch schon mal die Zahnpasta mit der Handcreme.«

»Also das ist jetzt wirklich nett.« Maike nahm den Kaffee entgegen und schob einen Fünfer über die Theke. »Stimmt so.«

»Die Firma dankt.« Harald lächelte zufrieden. »Drei Kommissare in meinem ›Restaurant‹, das ist mal eine Ehre.«

»Drei?«, echote Maike.

»Na, die zwei da vorne. Das sind die Tachmoiner. Jedenfalls nennen wir sie so. Der rechte heißt eigentlich Bruno, der linke Gunnar. Sind nach ihrem Ruhestand nach Niederteerbach gekommen und wohnen jetzt gemeinsam hier im Dorf, späte Liebe und so.«

»Ach so, also damit hätte ich jetzt nicht gerechnet«, sagte Maike verblüfft.

»Die zwei waren mal Polizisten.« Harald nickte eifrig.

»Wie lange leben die beiden denn bereits hier?«

»Das sind mittlerweile bestimmt fünfzehn Jahre«, erwiderte er.

»Danke.« Maike wandte sich ab.

»Den Becher dann einfach meiner Frau mitgeben«, rief er ihr hinterher.

»Die bringt ihn frisch befüllt morgen früh wieder mit.«

Vor dem Imbiss lächelte Maike den Tachmoinern freundlich zu. »Ohne meinen ersten Kaffee bin ich unausstehlich.«

»Ach, alles gut.« Gunnar winkte ab. »Wir sind da robust.«

»Er ist morgens genauso«, erklärte Bruno.

»Weil ich so schlecht schlafe. Liegt am Schnarchen. Deinem Schnarchen.«

»Kauf dir Ohropax, sage ich schon seit zehn Jahren.« Er wandte sich Maike zu. »Du ermittelst gerade im Fall Julia Stoffels?«

»Woher wissen Sie ...«

»Sag ruhig du, wir sind ja hier unter uns«, kam es sofort von Gunnar.

»Wobei die Gabi sich bestimmt auch nicht siezen lässt«, merkte Bruno an.

Maike lenkte das Gespräch wieder auf den eigentlichen Punkt. »Also woher wisst ihr beiden davon?«

Genau genommen eine überflüssige Frage. Es hätte sie keinen Augenblick gewundert, wenn selbst der Sargfabrikant im Ort darüber Bescheid wusste.

»Stand heute morgen alles in der Zeitung«, erklärte Bruno. »Der Brandt hat einen Artikel geschrieben. ›Versagen von damals, Erfolg für heute? – Kann unsere Kommissarin die Erwartung erfüllen?‹.«

»Großartig«, sagte Maike trocken. »Vermutlich hat die Bürgermeisterin bereits ein Kamerateam gebucht, das mich begleitet.«

Brunos hochgezogene Braue und der wiegende Kopf deuteten darauf hin, dass er das durchaus für möglich hielt. »Wir haben damals ja nur die Nachwehen mitbekommen. Aber kein Mensch ging von einem Verbrechen aus. Alle dachten, dass die Julia abgehauen ist.«

»Nur ihr Lehrer nicht«, sagte Gunnar. »Der war felsenfest davon überzeugt, dass ihr was zugestoßen ist. War richtig geknickt.«

»So?«, fragte Maike mit erwachender Neugier. »Warum hat er das denn geglaubt?«

»Keine Ahnung«, erwiderte Bruno und zupfte an seiner Krawatte. »Aber er hatte das ja auch gemeldet. Julia war wohl seine Lieblingsschülerin.«

Gunnar nickte eifrig. »Der war damals noch recht jung und idealistisch, so Mitte dreißig. Sah ganz gut aus. Dunkles Haar, lachende Augen.«

Sie wusste sofort, was er damit meinte. Eine einnehmende Persönlichkeit in einem einnehmenden Körper. Vermutlich hatte ihm das zahlreiche schmachtende Blicke eingebracht.

»Und warum war er so überzeugt davon, dass etwas geschehen ist? Hatte das was mit dem Vater von Julia Stoffels zu tun?«

»Genau.« Bruno hatte sichtlich Spaß an dem Gespräch. »Das war leider wie aus dem Lehrbuch. Ständig betrunken, gewalttätig, aber nie genug, um ihm was nachzuweisen. Für eine gewisse Zeit war Ruhe.«

»Ah, richtig.« Gunnar schnippte mit den Fingern. »Das war 'ne spannende Sache. Diese Julia war doch mit dem Dennis zusammen. Und dessen Vater war ja der Polizeihauptkommissar hier im Ort. Und als die Julia einmal ein blaues Auge hatte, ist bei Manfred Walterscheidt das Fass übergelaufen. Er ist hingefahren zum Vater Stoffels.«

»Und?«, hakte Maike nach.

»Tja, niemand weiß, worüber da gesprochen wurde. Und das will für Niederteerbach was heißen«, erklärte Gunnar. »Danach schien die Julia aber weniger Probleme zu haben. Da gab es kein blaues Auge mehr, keine Verstauchung. Bis ...«

»Sie verschwunden ist«, vollendete Maike nachdenklich den Satz. »Und ihr Vater, was hat der so beruflich gemacht? In der Akte stand dazu gar nichts drin.«

Die Tachmoiner warfen sich einen langen Blick zu.

»Auf dem Bau gearbeitet«, sagte schließlich Bruno. »Aber immer nur kurz. Ist ständig geflogen, daher stand zu dem Zeitpunkt wohl nichts in der Akte. Weil er arbeitslos war.«

»Ich sehe schon, da stehen heute ein paar interessante Befragungen an, vielen Dank.«

»Jederzeit«, versprach Gunnar.

»Immer«, kam es von Bruno.

Maike verließ die Fressoase, winkte Harald noch einmal kurz zu und begab sich zu ihrem Nissan Cube. Allein für den Anblick benötigte sie direkt einen weiteren Schluck Kaffee. Wenigstens besaß er einen Getränkehalter im Mittelfach.

Sie hatte Glück und wurde nicht vom üblichen Stau aufgehalten. Bis nach Köln ging es flüssig voran, und sie fand auf Anhieb einen Parkplatz. Womöglich sollte sie immer so früh aufstehen. Allein dass sie sich diese Frage stellte, ließ sie erschauern. Was war nur los mit ihr? Auf keinen Fall! Am Eingang musste sie sich ausweisen, erst dann durfte sie in die heiligen Hallen vordringen. Im Inneren erwartete sie eine Kühle, wie sie für einen Altbau typisch war.

Das Büro von Jens befand sich im ersten Stock. Im Gang hingen Landkarten der Umgebung an der Wand, die Kolleginnen und Kollegen schienen es besonders eilig zu haben und hetzten mit Papieren in der Hand über den Gang. Das Ganze versprühte den Charme einer alten Kaserne.

»Herein«, erklang die Stimme von Jens, als sie klopfte.

Er saß hinter seinem Schreibtisch, das braune Haar grau meliert. Unter den Augen lagen dunkle Ringe, die auf seine neue Rolle als Papa verwiesen.

»Na, du siehst ja heute wieder besch…«

»Darf ich vorstellen«, unterbrach er sie schnell und laut. »Das ist Staatsanwalt Sandro Grasso.«

Erst jetzt sah Maike den Mann, der auf einem Stuhl in ihrem toten Winkel saß.

Sie schloss die Tür hinter sich. »Wir kennen uns privat«, erklärte sie ihre harsche Begrüßung.

»Ist mir schon aufgefallen.« Maike war sich nicht sicher, wie sie das Schmunzeln auf seinem Gesicht deuten sollte. Doch dann streckte er mit Schwung die Hand aus. »Freut mich, Frau Pech.«

»Gleichfalls.«

Er hatte einen festen Händedruck. Seine Haut besaß eine gesunde Bräune, sein Gesicht italienische Züge. Der Anzug saß perfekt und betonte die athletische Figur.

»Zoe Schwäfel hatte mich bei dem Fall auf den neuesten Stand gebracht«, erklärte Grasso. »Ich war zeitlich leider verhindert, deshalb konnte ich bei der Begehung des Tatorts nicht anwesend sein." Er machte eine Pause. »So steht es jedenfalls in meinem Bericht.«

Maike ließ sich aufatmend auf den zweiten Besucherstuhl sinken. Grasso hatte ihr gerade zu verstehen gegeben, dass er es ihr nicht nachtrug, an ihrem ersten Tag übergangen worden zu sein.

»Zukünftig werde ich aber *immer* verfügbar sein«, ergänzte er. »Da halten wir das Protokoll mit gemeinsamer Kraft ein.«

»Ich bin sicher, das bekommen wir hin.«

Er reichte ihr seine Visitenkarte. »Meine Nummer steht drauf, dienstlich und privat. Falls Sie also mal außerhalb der Dienstzeiten über eine Leiche stolpern, rufen Sie trotzdem an.«

»Wundern würde es mich nicht«, kam es von Jens. »Schau nicht so empört, du hast ein Händchen dafür oder eher ein Füßchen.«

»Das war es ja, was Bürgermeisterin Graefe wollte. Jemand, der mit anpackt und die Verbrechensrate in Niederteerbach und Umgebung drückt.« Grassos Stimme hatte einen angenehmen Ton.

»Verblüfft mich jetzt nicht, dass die dort so hoch ist. Wer dort wohnt, muss einfach irgendwann durchdrehen.« Falls sie sich zu lange Zeit ließ, blühte ihr das ebenfalls.

»Für ein kleines Dorf im Oberbergischen ist sie wirklich ziemlich hoch«, sagte Grasso. »Sonst wäre die Stelle gar nicht bewilligt worden.«

»Vermutlich hat die Graefe selbst dafür gesorgt, dass die Zahlen stimmen«, entschlüpfte es Maike.

Grasso schmunzelte erneut. »Ich habe die Dame auch schon kennengelernt.« Er wurde ernst. »Aber kommen wir zum Fall Julia Stoffels. Das ist eine heikle Angelegenheit. Nicht nur wurde die Leiche in der Wand des Präsidiums gefunden, die junge Frau war außerdem mit dem Sohn des damaligen Präsidiumschefs liiert. Bisher verhält die Presse sich noch ruhig, aber das kann sich täglich ändern.«

Ingo Brandt würde alles dafür tun, einen Orkan zu verursachen, da war Maike sicher.

»Wir haben bereits verschiedene Ansätze verfolgt, bisher ergebnislos.« Sie fasste zusammen, was die bisherigen Ermittlungen zustande gebracht hatten. »Meine Kollegen auf dem Revier sind schon dabei, alle Daten zu aktualisieren.«

»Ich muss Ihnen leider sagen, dass Manfred Walterscheidt durchaus Kontakte in höhere Kreise besitzt«, erklärte Grasso. »Er fühlt bereits nach. Ich habe da sehr deutlich gemacht, dass keine Informationen mehr herausgegeben werden.«

»Damals war er einfach der Vater eines Verdächtigen«, sagte Maike.

»Heute sieht das anders aus. Die Leiche fand sich immerhin in der Wand der Arrestzelle. Das setzt jeden auf die Verdächtigenliste, der 2006 Zugang hatte.«

»Was ist mit der Frau ...« Grasso schlug die Akte auf, die vor ihm auf dem Tisch lag.

»Gabi?«, fragte Maike.

»Genau die.« Grasso nickte nur in stoischer Gelassenheit. »Frau Gabi.«

»Sie war damals die ermittelnde Beamtin. Besitzt keinesfalls die Kraft, eine Leiche zu transportieren und einzumauern. Ihre Reaktion auf den Fund und die Identität der Toten war gelinde gesagt ein Schock.«

»Das genügt mir einstweilen«, sagte Grasso. »Aber behalten Sie bitte im Hinterkopf, dass die Presse das nicht so sehen wird. Wenn das Wellen schlägt, könnte es passieren, dass Sie während der Ermittlungen eine Beurlaubung empfehlen müssen.«

Maike wusste, dass noch viel mehr geschehen konnte. Wurde erst eine interne Untersuchung eingeleitet, weil die Presse Druck machte, konnte Gabi zehnmal unschuldig sein, aber trotzdem alles verlieren. Der vorzeitige Ruhestand war da gar nicht so abwegig.

»Ich werde auf gar keinen Fall ein Opferlamm präsentieren, weil der Druck auf die Damen und Herren dort oben zu viel wird«, stellte Maike klar.

»Meine Ermittlungen werden auf Fakten basieren und nicht auf Hektik, weil wir dringend aus den Schlagzeilen kommen müssen. Das hat noch nie zu etwas Gutem geführt. Nur weil ein Mensch durch irgendwelche Theorien vorverurteilt wird, dürfen wir das nicht auch tun.«

Grasso überdachte ihre Worte, deutete ein Nicken an und sagte: »Ich stimme Ihnen grundsätzlich zu. Bedauerlicherweise kann uns so etwas sehr schnell aus den Händen genommen werden. Ich habe das bereits bei kleineren Dingen erlebt. Unterschätzen Sie niemals die Seilschaften im Hinterzimmer. Ich halte meine schützende Hand so lange es geht über Sie und wie ich unseren Herrn Breuer hier einschätze, sieht der das ähnlich.«

Jens nickte, gelassen wie immer.

»Aber auch unser Einfluss hat seine Grenzen«, ergänzte Grasso.

»Vorzugsweisen haben wir ein Ergebnis, bevor das Ganze hochkocht.« Es mutete unwirklich an, dass ein Mord in einem winzigen Kaff solche Wellen schlagen konnte. Aufgebauscht und aus dem Zusammenhang gerissen, schien das aber gar nicht mehr so unwahrscheinlich.

»Gib einfach Gas, Maike«, sagte Jens.

»An dem Spruch hast du jetzt aber lange geknobelt«, konnte Maike sich nicht verkneifen. »Als ob ich je etwas anderes täte.«

»Gönnen Sie sich vielleicht wirklich mehr Schlaf, Herr Breuer«, riet Grasso und erhob sich. »Ich will einen täglichen Bericht in meinem Mail-Postfach.« Er deutete auf Maike. »Von Ihnen.«

»Bekommen Sie. Versprochen.«

Damit verabschiedete sich der Staatsanwalt und ging hinaus.

»Der ist ja nett«, kommentierte sie.

»Die Tür hat sich geschlossen und du starrst immer noch auf den Punkt, an dem sein Hintern war?«

»Der sah aber auch gut aus in der Anzughose, der Hintern. Da werde ich glatt Fan von Anzügen.« Sie wandte sich wieder Jens zu. »Sag André, er soll mal eine Nachtschicht übernehmen, sonst kippst du uns hier noch um.«

»Geh ermitteln.«

Maike sprang auf. »Ich würde dir ja meinen Kaffee dalassen, aber der Becher ist geborgt.«

Jens schmunzelte. »Raus.«

»Einen schönen Tag dir noch.« Mit einem breiten Grinsen verließ sie das Büro und fuhr zurück nach Niederteerbach.

8. Kapitel

Maike ging beschwingt in Richtung Büro, nippte an den letzten Resten ihres Kaffees und hatte ein gutes Gefühl. Das Bild von Julia Stoffels wurde beständig genauer, ebenso das ihrer Umgebung. Das Außenbild über die Beteiligten war klar, doch jetzt war es an der Zeit einzutauchen in ihr direktes Umfeld.

Und mit Grasso hatte sie einen Staatsanwalt, der auch mal ein Auge zudrückte und pragmatisch handelte, was ihr sehr entgegenkam.

Auf der Wache saßen Lukas und Gabi bereits hinter ihren Schreibtischen. Wie vermutet wirkte Letztere frisch, ausgeruht und von innerem Tatendrang beseelt.

»Ich habe Ihnen alle Adressen aktualisiert«, sagte Lukas. »Die Ausdrucke liegen auf Ihrem Tisch.«

»Gute Arbeit.«

»Und gestern habe ich mir noch mal die Akte vorgenommen«, erklärte Gabi und enthüllte damit, dass sie spät gearbeitet hatte. »Ich habe alle Personen gegoogelt und Profile in sozialen Medien abgesucht. Die aktuellen Berufe stehen überall dabei, in manchen Fällen der neue Wohnort.« Sie zögerte. »Mein ehemaliger Chef hat heute Morgen angerufen.«

»Der Zeitungsartikel hat ihn wohl aufgeschreckt«, sagte Maike. »Er hat davon gelesen und streckt jetzt die Fühler aus.«

»Er war völlig aufgelöst.«

In diesem Augenblick hätte Maike Ingo Brandt gerne am Kragen gepackt und aus dem Fenster der Bürgermeisterin hängen lassen. Jeder Vorteil durch Überraschung war dahin. Sie konnte keine Fragen stellen und erst später erklären, weshalb.

Walterscheidt senior und Junior würden ebenso von Julia Stoffels wissen, wie auch der ehemalige Lehrer und ihr Vater.

»Wir könnten gemeinsam meinen Chef aufsuchen«, schlug Gabi vor.

»Der hat sich die ganzen Ergebnisse damals ja angeschaut.«

»Keinesfalls«, stellte Maike klar. »Ich will niemanden, der auf der Rückbank mitfährt und sich überall einmischt. Dein Chef war nicht direkt in den Fall involviert, er wollte lediglich seinen Sohn schützen. Da hat er für mich jetzt keine Priorität was eine Befragung angeht. Dennis Walterscheidt dagegen steht auf Platz eins der Verdächtigenliste, dem steht eine Befragung ins Haus. Und das muss schnell gehen, bevor sein Vater daneben steht.«

Sie betrat ihr Büro und schnappte sich den Ausdruck mit den neuen Daten.

»Lukas«, rief sie im Vorbeigehen. »Sie kommen mit.«

»Aber ...«, meldete sich Gabi.

»Wir brauchen einen unverbrauchten Blick«, erklärte sie. »Ruf du bitte deinen Chef an und sorge dafür, dass er Ruhe gibt.«

Sie eilten zum Parkplatz, wo Lukas instinktiv den Twizy ansteuerte.

»Das vergessen wir gleich wieder.« Maike hielt ihn zurück. »Da geht es lang.«

Kurz darauf saßen sie im Nissan Cube, Gurte klickten und sie drückte das Gaspedal durch.

Lukas hatte die Papiere an sich genommen. »Dennis Walterscheidt lebt noch immer in Niederteerbach, genau wie der Vater von Julia Stoffels. Der Lehrer – Peter Mosbacher – wohnt in Köln. Zu seinem aktuellen Status konnte Gabi nichts herausfinden.«

»Dann befragen wir zuerst Dennis und den Vater von Julia, danach kümmern wir uns um den Mosbacher.«

Sie lenkte den Wagen vom Marktplatz auf die Straße. »Sagen Sie, wie steht es um Petro Dwarkis?«

Sie hatte den Mitarbeiter der Baufirma Roth nicht vergessen, der damals so plötzlich verschwunden war.

»Ich habe ein Hilfeersuchen an die griechischen Behörden gestellt, damit die mir die Adresse zukommen lassen. Die wollten sich heute, spätestens morgen noch mal melden.«

Womit die Liste der Tatverdächtigen genau genommen feststand. Jetzt mussten sie nur schnell genug sein. Maike ging jede Wette ein, dass Manfred Walterscheidt weder damals einfach nur zugesehen hatte noch heute die Füße stillhalten würde. Immerhin war sein Sohn involviert, da würde kein Vater wegschauen und abwarten.

»Kriegt die Gabi das hin?«, fragte Maike.

Lukas wusste sofort, was sie meinte und nickte nach kurzem Zögern.

»Das hat sie schon sehr mitgenommen, aber sie kann eine professionelle Linie ziehen. Ihr alter Chef war da auch nicht immer begeistert, wenn sie Informationen zu dem Fall zurückgehalten hat. Also hat sie mir vorhin erzählt.«

»Das wird er jetzt noch weniger sein«, verkündete Maike. »Immerhin heften wir uns direkt wieder an seinen Sohn.«

»Da gibt es ja ein Studie. Rein statistisch sind es ja am häufigsten die Partner oder die Familie ...«

»Was meist auch nachvollziehbar wird, wenn man sich mal fünf Minuten mit denen unterhält«, unterbrach sie ihn.

Ehrlicherweise fragte sich Maike oft, wieso der Mord nicht früher geschehen war. Da gab es Psychoterror-Fälle auf höchstem Niveau.

Von der Schwiegermutter, die von der neuen Schwiegertochter bedient werden wollte, bis zum Ex-Mann, der dem Neuen das Leben mit Kleinigkeiten schwer machte. Sie erinnerte sich da an einen Läuseausbruch in einer Schule, der zu wütenden Beschimpfungen bei den Eltern geführt und ein blutiges Ende genommen hatte.

Es war überall das Gleiche, ob Millionenmetropole oder Dorf. Eine Leiche in der Wand hatte sie bisher allerdings noch nicht gehabt.

»Dort vorne links«, sagte Lukas.

»Das ist eine Einbahnstraße.« Maike fuhr eine extra Runde um das Quadrat. »Wer bastelt in dieses Kuhkaff ständig irgendeine Einbahnstraße?!«

»Das war eine Initiative von ...«

»Sagen Sie es nicht.« Maike stöhnte.

»... Bürgermeisterin Graefe. Um den Verkehrsfluss zu lenken.«

Sie sah sich um. »Ist dieser Frau auch mal aufgefallen, dass es hier keinen Verkehrs*fluss* gibt. Das ist höchstens ein Rinnsal. Und dank der neuen

Dauerbaustelle auf der Umgehungsstraße ist jetzt die einzige Durchfahrtsstraße ständig verstopft.«

Lukas schwieg.

Sie erreichten das Haus von Dennis Walterscheidt, und Maike stellte den Motor ab.

Zeit, in die Vergangenheit von Julia Stoffels einzutauchen und Licht in das Dunkel der Ereignisse zu bringen, die sie vor vielen Jahren das Leben gekostet hatte.

»Sieht nett aus«, kommentierte Lukas und zupfte sein Uniformhemd zurecht.

»Dieses Wort ist so vielfältig einsetzbar«, murmelte Maike und betrachtete das graue Einfamilienhaus.

Hinter einem hüfthohen Gartenzaun gab es eine winzige Rasenfläche, ein Fenster neben der Tür. Die Fassade war vom Zahn der Zeit, der sich mit dem Schmutz von Niederteerbach verbündet hatte, von einem staubigen Film bedeckt.

Drei Stufen führten zur Vordertür.

Maike klingelte. Es vergingen maximal zwei Sekunden, da wurde die Tür von Innen aufgerissen.

»Ja?«, fragte ein drahtiger Mann Anfang dreißig.

»Kriminalhauptkommissarin Maike Pech, das ist mein Kollege, Polizeikommissar Lukas Yilmaz. Wir würden gerne mit Dennis Walterscheidt sprechen.«

Der Mann schluckte, blinzelte, seine Schultern sanken herab. »Es stimmt also.«

»Sie haben die Zeitung gelesen?«, fragte Maike.

»Das Schmierblatt?« Er schüttelte den Kopf. »Aber ... jemand hat mir davon erzählt.«

»Ihr Vater dann also. Vielleicht sollten wir uns eher drinnen weiter unterhalten.« Sie deutete auf den schmalen Hausflur. »Sie sind Dennis Walterscheidt?«

Er nickte. »Kommen Sie herein.«

Ein paar Spielzeugautos standen herum, ein Laufstall stand in der Ecke. Im Wohnzimmer war die Couch voller Plüschtiere.

»Meine Frau ist mit dem Kleinen gerade spazieren«, erklärte er. »Ich wollte eben losfahren. Mit meinem Vater sprechen.«

»Der wird Ihnen hier nicht weiterhelfen können«, stellte Maike klar. »Diese Ermittlungen werden von mir geführt und da findet auch keine Kommunikation auf dem kleinen Dienstweg statt.«

»Ich verstehe.« Dennis' Blick verfing sich im Nichts.

»Wollen wir?«, fragte Maike.

Er zuckte zusammen und kehrte zurück ins Hier und Jetzt. »Natürlich. Setzen Sie sich.«

Ein Spielzeugdrache quietschte, als Lukas sich darauf setzte. Er errötete und schob ihn beiseite.

Maike nahm ebenfalls auf der Couch Platz, Dennis sank in den Sessel.

»Sie wollten damals gemeinsam mit Julia verreisen?« Sie formulierte absichtlich ungenau, damit ihr Gegenüber die Lücken füllte.

»Verreisen ist gut.« Er schüttelte den Kopf. »Wenn man trampen und danach soziale Arbeit in Indien verrichten als ›verreisen‹ bezeichnet: Ja.«
Maike schwieg.

»Wir wollten gemeinsam mit einer Hilfsorganisation einen Brunnen für ein Dorf bauen«, führte er weiter aus. »Außerdem war es Julia wichtig, etwas für die Mädchen vor Ort zu tun. Gerade in den Dörfern gab es da vor allem damals noch üble Geschichten. Diskriminierung ist da ein viel zu freundliches Wort.«

»Und diese Aktion sollte nach der Verleihung des Abizeugnisses beginnen?«, fragte Maike weiter.

»Das wäre nur noch eine Woche gewesen«, bestätigte Dennis. »Ich konnte da auf keinen Fall vorher weg. Meine Eltern waren so stolz, dass ich das Abi in der Tasche habe. Die wollten mit mir und Julia gemeinsam groß feiern.«

»Wie haben die denn reagiert, als Julia plötzlich weg war?«, fragte Maike.

»Genau wie ich: enttäuscht. Die Feier sollte dann ohne Julia stattfinden. Aber sie haben mir angeboten, trotzdem den Flug nach Indien zu bezahlen.«

»Sie wollten nicht?«, hakte Maike nach.

»Ich war echt sauer, dass sie einfach abgehauen ist.«

»Keine Nachfrage bei der Hilfsorganisation?«, fragte Maike. »Die müssen sich doch gewundert haben, wo Sie beide bleiben.«

Dennis rieb sich die geröteten Augen. »Ich habe denen abgesagt. In einer Mail. Vermutlich haben die gedacht, das ist 'ne Absage für uns zwei. Und ich dachte, dass Julia bereits alleine dort ist.«

Was traurigerweise tatsächlich so abgelaufen sein konnte. Falsche Annahmen führten zu falschen Schlussfolgerungen auf beiden Seiten.

»Der Vater von Julia schien sich da wenig Sorgen zu machen.«

»Dieser Dreckskerl.« Dennis ballte instinktiv die Fäuste. »Was er ihr ständig im Suff angetan hat ...« Er atmete schwer aus. »Ich habe ihr immer wieder angeboten, bei mir einzuziehen. Aber er hat darauf bestanden, dass seine Tochter bei ihm bleibt. Schließlich solle ja niemand schlecht denken. Ha!«

»Aber ihr Vater hat dann wohl ein Machtwort gesprochen?« Maike wusste, dass hier das gefährliche Terrain begann.

Dennis warf ihr einen langen Blick zu. »Schon. Als sie einmal ein blaues Auge hatte, ist es ihm zu bunt geworden. Er ist hingefahren. Als er zurückkam, war es ›geklärt‹ und Julia hatte Ruhe. Das war einige Tage vor ... ihrem Verschwinden.«

»Wodurch der abrupte Aufbruch noch weniger Sinn ergibt«, sagte Maike und ließ die Falle damit zuschnappen. »Das müssen Sie sich doch auch gefragt haben. Wenn die Sache zu Hause geklärt war, wieso sollte sie dann früher als gedacht aufbrechen, weshalb abhauen?«

Dennis schluckte. »Also ... es war eben schwierig. Alles.«

Maike beugte sich vor, als wolle sie vertraulich mit ihm sprechen. Lukas notierte natürlich weiterhin jedes Wort. »Herr Walterscheidt, wir ermitteln hier in einem Mord. Uns etwas vorzuenthalten, das diese Sache aufklären könnte, ist eine ganz blöde Idee.«

Er rang mit sich, lehnte sich im Sessel zurück und dann doch wieder nach vorne. »Wir haben gestritten. Am letzten Tag, also bevor sie verschwand.«

Und schwupps, schoss er auf der Verdächtigenliste noch ein Stück weiter in die Höhe.

»Ha, ich sehe es Ihnen doch an.«

»Und was genau?«, fragte Maike.

»Jetzt glauben Sie, dass ich es war. Aber das ist Quatsch. Ich wollte mit ihr nach Indien, verdammt. Ein gemeinsames Leben, die Welt bereisen. Wir waren glücklich!«

»Abgesehen von diesem hässlichen kleinen Streit. Worum ging es denn da?«

Er seufzte. »Julia hat mir abends eine Textnachricht geschickt. Darin hat sie geschrieben, dass sie nach Indien will. Sofort. Wir brauchen schließlich keine offizielle Verleihung mit dem ganzen Drumherum, sie fand das too much.«

»Diese Nachricht haben Sie nicht zufällig noch?«, fragte Maike.

Dennis erwiderte irritiert ihren Blick. »Das war quasi eine SMS hin und her. Wie damals üblich. Aber das alte Nokia liegt längst auf dem Elektroschrott.«

»Warum wollte sie plötzlich weg?«

»Das habe ich sie gefragt, aber sie hat nur herumgedruckst. Das hat mich wütend gemacht. Am Ende habe ich ihr klar gesagt, dass ich das nicht tun kann. Meine Eltern haben uns im Gegensatz zu ihrem Vater immer unterstützt. Das wollten sie auch weiter tun, während wir in Indien sind. Aber da kann ich Ihnen doch diesen letzten Abend nicht kaputt machen.«

»Und das war's?«, fragte Maike.

»Sie hat angerufen«, sagte Dennis, und seine Stimme bekam einen qualvollen Unterton. »Ich bin aber nicht rangegangen.«

»Und das war das letzte Lebenszeichen«, begriff Maike. Er nickte schweigend.

Falls er nicht der Täter war, musste die Schuld ihn zerreißen. Was wäre geschehen, hätte er den Anruf entgegengenommen? Was hatte Julias Meinung so abrupt geändert, dass sie hatte früher fliegen wollen?

Maikes erste Vermutung, dass der Mörder die Nachrichten geschickt hatte, um Julias Verschwinden zu vertuschen, passte nicht ins Bild. Denn welcher Mörder rief danach direkt den Freund des Opfers an? Alles wäre aufgeflogen.

»Irgendetwas ist an diesem Abend vorgefallen, dass ihre Meinung geändert hat«, sagte Maike gedankenverloren. »Sie hatte Angst, und wie sich herausgestellt hat, war diese berechtigt.«

»Also es ist nicht schwer, abzuleiten, vor wem sie die hatte«, blaffte Dennis.

»Ach?«, half Maike nach.

»Ihr Vater natürlich. Sie war zu Hause, wer hätte also sonst Probleme machen können?«

»Was war denn mit diesem Herrn Mosbacher, der hat Julia als vermisst gemeldet. Aber das wissen Sie sicherlich.« Maike beobachtete Dennis genau. »Können Sie mir dazu etwas sagen?«

Doch er winkte ab. »Bio, Chemie und Mathe. Hat in ihr wohl ein verkanntes Genie gesehen. Kein Wunder, sie hat ja ständig nur Einser produziert und musste nicht mal viel lernen. Er hat sie gefördert, auch nach der Schule.«

»In einer AG?«, fragte Maike.

»Nein, nein, das hat er speziell für sie gemacht«, sagte Dennis.

»Julia war total happy in der Zeit. Immerhin konnte sie dann auch länger dortbleiben, in der Schule. Gab natürlich auch wieder Probleme mit ihrem Vater. Schließlich gab es dann niemanden mehr, der zu Hause aufräumt oder kocht. Sie hätte dem Dreckskerl Cyanid ins Essen mischen sollen.«

»Das habe ich jetzt mal nicht gehört«, sagte Maike.

»Mir wäre es lieber, sie hätten *ihn* in der Wand gefunden!«, rief Dennis aufgebracht. »Dann würde Julia noch leben.«

All die Jahre hatte er sich eine Existenz, eine Familie aufgebaut, verarbeitet, verlassen worden zu sein. Und jetzt stellte sich heraus, dass alles eine Lüge gewesen war.

Sowas konnte den stärksten Menschen in einen Abgrund stürzen.

»Können Sie mir sonst noch etwas sagen, was weiterhelfen könnte?«, fragte Maike. »Gab es sonst noch jemanden, mit dem Julia Streit hatte? Ist Ihnen damals etwas aufgefallen?«

»Nicht wirklich.« Er schüttelte den Kopf, hielt aber inne. »Meine Ex- Freundin war halt nicht so gut drauf. Damals habe ich mich total in Julia verknallt und meine Ex wegen ihr verlassen. Gab ganz schön Zoff. Wie Teenager eben sind. Da geht das auch mal schnell.«

Sie ließ sich den Namen der besagten Ex geben, um hier ebenfalls die Fühler auszustrecken. Konnte es sich doch um einen klassischen Eifersuchtsfall handeln?

»Das wäre es erst einmal von meiner Seite. Vielen Dank.« Sie legte ihre Visitenkarte auf den Wohnzimmertisch und erhob sich. »Falls wir weitere Fragen haben, melden wir uns. Und falls Ihnen noch etwas einfällt – meine Nummer steht auf der Karte.«

»Finden Sie das Schwein«, bat Dennis. »Wer es auch war. Das hat Julia verdient.«

Gemeinsam mit Lukas verließ sie das Haus. Als die Tür hinter ihnen ins Schloss fiel, atmeten sie synchron auf.

»Ganz schön bedrückend«, sagte er.

»Das ist es meistens. Was denken Sie?«

»Er macht auf mich nicht den Eindruck, als habe er es getan. Aber vielleicht hatte die Schule ja auch eine Theater-AG, und er ist echt gut.« Überrascht vom plötzlichen Aufblitzen eines Funken Humors bei Lukas, starrte sie ihn an. »Tja, da müssen wir noch ein wenig graben, bevor wir ihn ausschließen können. Ganz überzeugt hat er mich noch nicht.«

Sie warf einen letzten Blick auf das Haus. Was hatte Julia in der Nacht ihres Todes mitteilen wollen? Was hatte der Anruf zu bedeuten?

Und noch wichtiger: Hatte sie damit ihr Todesurteil besiegelt?

9.Kapitel

Maike durchdachte ihr weiteres Vorgehen sorgfältig und entschied sich dazu, zuerst den Vater von Julia Stoffels aufzusuchen. Dieser wohnte ein wenig außerhalb, am Rand von Niederteerbach, was bestimmt ganze fünfzehn Minuten mit dem Auto bedeutete – zu Fuß wäre sie vermutlich in zehn Minuten dort gewesen. Eine Extrafahrt nach Köln, um Peter Mosbacher, den Lehrer, zu befragen, kostete mehr Zeit.

Sie lenkte das Auto durch die verschlungenen Gassen und leeren Straßen von Niederteerbach, bis sie ein weites Feld vor sich sah. Am Rand erhob sich ein Haus, von dessen Fassade der Putz abbröckelte. Der verwilderte Garten wurde von einem schiefen Holzzaun eingefasst, hinter dem es wild wucherte.

Maike prüfte im Reflex ihre Dienstwaffe.

Die meisten Trinker waren überhaupt nicht vernehmbar um diese Tageszeit, andere befanden sich in einem unausstehlich nüchternen Zustand. Auf der einen Seite taten ihr diese Menschen stets leid, denn Alkoholismus war eine Krankheit. Von außen sagte man dann oft Dinge wie ›er muss sich eben helfen lassen‹ oder ›warum tut er nichts‹. Das war die Tücke der Sucht, dass man es oftmals nicht alleine schaffte.

Andererseits verlor sie jedes Verständnis, wenn Schutzbefohlene davon betroffen waren. Schläge, psychisches Kleinhalten und Isolationsmuster, sie hatte alles erlebt. Derartige Fälle waren sogar recht häufig.

»Alles in Ordnung?«, hakte Lukas nach.

»In solchen Augenblicken bin ich nur manchmal frustriert«, sagte Maike.

»Wir können das Verbrechen nie aufhalten, müssen immer nur am Ende die Scherben zusammenkehren und den Täter überführen.«

»Aber wenigstens *das* können wir.« Lukas lächelte sanft.

Sofort wurde Maike davon angesteckt. Sie nickte nachdrücklich, die dunklen Gedanken verschwanden. »Das können wir!«

Sie stiegen aus und näherten sich gemeinsam dem Haus.

»Hier könnte man einen Horrorfilm drehen.« Lukas sprach unweigerlich leiser.

»Der wurde jahrelang gedreht«, sagte Maike. »Mit Julia Stoffels in der Hauptrolle.«

Sie öffnete das wacklige Gartentor, indem sie die Klinke nach unten drückte und es leicht anhob. Es schabte über die feuchte Erde und hinterließ dabei eine Spur im sonst dichten Gras.

»Könnte eigentlich ganz schön sein hier«, sagte sie, einen genaueren Blick auf die Umgebung werfend. »Müsste nur mal ein Gärtner drüber gehen.«

Zwischen den Büschen ragte ein verrosteter Rasenmäher hervor, eine Gartenlaube war zur Hälfte eingestürzt. Sie konnte einen altersschwachen Opel neben dem Haus erkennen. Irgendwie musste Julias Vater sich ja mit Lebensmitteln versorgen.

Auf der Klingel stand mit krakeliger Handschrift Theodor Stoffels. Sie betätigte den Knopf. Ein schriller Ton erklang, der so lange anhielt, bis Maike den Finger wieder herunternahm. Das Ganze musste sie dreimal wiederholten, bis endlich Schritte zu hören waren, untermalt vom Rumoren einer tiefen Stimme.

Die Tür wurde einen Spaltbreit geöffnet.

»Ja?«, blaffte es aus dem Zwielicht.

»Guten Tag, Herr Stoffels!« Maike ging einfach davon aus, dass es sich um ihn handelte. »Mein Name ist Maike Pech, das ist mein Kollege Lukas Yilmaz. Wir sind von der Kripo Köln, Abteilung

Niederteerbach. Können wir Sie einen Augenblick sprechen?«

Er blinzelte, starrte zuerst sie, dann Lukas aus geröteten Augen an. Sie sah geplatzte Äderchen, großporige Haut und gelbe Zähne. Für ihn wären die Dritten eindeutig ein Segen.

»Dachte mir schon, dass Sie kommen.« Er wandte sich ab und zog sich zurück ins Dämmerlicht des Hauses.

»Sie haben auch gehört, dass er uns hereingebeten hat, Lukas, ja?«

»Absolut, das war ein deutliches ›nur herein‹.«

»Oder vielleicht besser ein ›dann kommen sie halt rein‹«, schlug Maike vor, weil das eher zu dem Kerl passte.

»Genau, das habe ich gehört. Also was *Sie* gesagt haben.«

»Wunderbar.« Sie schob die Tür auf und folgte Theodor Stoffels ins Innere.

Ein muffiger Geruch schlug ihr entgegen, es war eindeutig schon länger nicht gelüftet worden. Der Verfall war auch hier allgegenwärtig. Vom verblichenen, löchrigen Teppich bis zur angelaufenen Tapete. Die Tür zur Küche zweigte nach einem kurzen Gang rechts ab und ein Berg aus ungewaschenem Geschirr stapelte sich. Eine Kakerlake krabbelte über einen Teller.

»Falls er uns etwas zu trinken anbietet …«, sagte Maike leise.

»Ich werde hier definitiv nichts an oder in meinen Körper lassen.« Lukas Stimme klang gepresst, als würde er sich jeden Augenblick übergeben.

Theodor Stoffels saß im Wohnzimmer in einem Sessel, den er vermutlich nicht allzu oft verließ. Auf einem Beistelltisch lag die heutige Tageszeitung, deren Titelseite zerknittert war. Die Bierflasche stand daneben.

»Herr Stoffels, wissen Sie, warum wir hier sind?« Maike hatte die Andeutung an der Tür nicht vergessen.

»Es geht um Ihre Tochter«, ergänzte Lukas.

Wieder ein Nicken. »Hab es gelesen. Und kurz darauf stand er auf der Treppe vor dem Haus.«

»Bitte, wer?« Maike wollte sich setzen, besah sich dann aber die feuchte Sitzfläche der Couch und blieb kurzerhand stehen.

Die Fenster waren so verdreckt, dass das Tageslicht kaum hier drinnen ankam. Das erklärte das beständige Zwielicht im Haus.

»Reporter«, kam es einsilbig zurück.

»Ingo Brandt. Ich kann Ihnen nur empfehlen, nicht mit ihm zu sprechen.«

»Hat mir Geld geboten für ein Interview.« Stoffels griff nach der Bierflasche. »War 'ne ganze Menge. Wollte auch wissen, ob Sie schon bei mir waren.«

»Und?« Lukas überwand sichtlich seinen Ekel. »Haben Sie mit ihm gesprochen?«

»Heute nicht.«

Innerlich fluchte Maike. Es war lediglich eine Frage der Zeit, bis Brandt mit einem Sixpack und zwei Fünfzigern hier im Raum saß und ein ausführliches Interview bekam, vermutlich gespickt mit Halbwahrheiten, die sich zu Schlagzeilen stricken ließen.

»Sie haben Julia damals nicht als vermisst gemeldet?«, fragte Maike.

»Die *wollte* weg und dann *war* sie weg.«

Für einen Mann, der gerade vom Tod seiner Tochter erfahren hatte, war das eine kaltherzige Aussage.

»Hat mich einfach alleine gelassen.« Die Verbitterung brach jetzt unvermittelt aus ihm heraus.

»Herr Stoffels, ihre Tochter wurde ermordet.« Maike konnte nicht verhindern, dass ihre Stimme einen leicht vorwurfsvollen Ton bekam.

»Weggegangen wäre sie auch so. Ist am Ende das Gleiche. Ich sitze alleine hier.« Er trank einen Schluck, das Bier in der Flasche gluckerte. »Ja, das ist natürlich schrecklich, dass Ihre Tochter Sie einfach allein gelassen hat.« Die Ironie entging ihm sowieso. »Ihre Leiche wies verheilte Frakturen auf.«

»Kommen Sie mir nicht damit!«, schnauzte er sie an, wurde aber sofort wieder ruhig. »Früher war das normal.« Sie schwieg, was ihn endlich dazu animierte, seine kruden Gedanken weiter auszuführen. »Wenn das Kind nicht gespurt hat, dann gab es mal einen Klaps. Das ist doch nicht gleich Misshandlung. Und die Julia war halt ein Schussel. Die ist schon mal ungeschickt aufgekommen.«

»Aufgekommen?« Maike wusste, dass eine kurze rhetorische Nachfrage reichen würde, um ihn zum Weiterreden zu animieren.

»Auf dem Boden«, stellte Stoffels klar. »Hätt' sie halt einfach manchmal ihr vorlautes Mundwerk gehalten. Ständig hat sie mir gedroht. Dass sie zu diesem Polizistensöhnchen zieht, dass ihr heiliger Lehrer Mosbacher ihr hilft, dass sie nach Indien abhaut.«

»Sie mochten Dennis also eher nicht«, warf Maike ein.

»Eitler Fatzke.« Die Bierflasche wurde wuchtig abgestellt. »Und sein Vater?«

»Der war ein ganz Übler. Den hätte ich anzeigen sollen. Damit das interne SEK ihn schnappt. Oder diese GEZ.«

Maike ging nicht davon aus, dass die Gebühreneinzugszentrale dafür zuständig war, sagte aber nichts. »Was hat er denn angestellt?«

»Ist hier aufgetaucht und hat mal wieder aus einer Mücke einen Elefanten gemacht.« Die Bierflasche wanderte erneut in die Hand, ein weiterer Schluck.

»Die Julia war schon die ganzen Tage komisch. Aber an dem Abend war es dann echt genug. Hat mir vorgeworfen, was für ein schlechter Vater ich bin. Also habe ich halt mal ausgeholt. Normal ist sie immer weggetaucht, aber da hat sie halt die Faust abbekommen. Der Walterscheidt kam hier an, hat sich aufgespielt. Julia sei jetzt volljährig, sie könnte mich auch anzeigen. Oder er übernimmt das gleich. Hab ihm gesagt, was er mich mal kann.«

»Und wie hat er reagiert?«

Theodor Stoffels lachte leise. »Ist mir mit ner Ansprache gekommen. Da wusste ich schon, der bellt, aber beißen is nicht. Einfach ein feiger Scheiß-Beamter. Hält sich brav an die Regeln. Hab ich ihm dann auch gesagt.«

»Und was hat er getan?«, fragte Maike.

»Mir einen Briefumschlag zugesteckt«, kam es leise zurück.

»Bitte, was?!« Das war so ziemlich das Letzte, womit sie gerechnet hatte.

»Er hat sie bestochen?«

Theodor Stoffels schien die Situation zu genießen. Sekunden der Stille vergingen, dann schüttelte er den Kopf. »Hat er nicht. In dem Briefumschlag war was anderes drin.«

Wieder Stille.

»Herr Stoffels ...«, begann Maike, der es allmählich zu bunt wurde.

»Gehen Sie einfach rauf.« Er nickte in Richtung Treppe, die in der Dunkelheit zwischen Schrank und Wand unsichtbar gewesen war.

Der Aufgang war schmal, ein Mann mit breiten Schultern würde seitlich nach oben steigen müssen.

»Sie wissen dann schon, was ich meine.« Er wandte den Blick sinnierend in Richtung Fenster.

Maike würde den Teufel tun, weiter zu bohren. Sie hatte gerade die Erlaubnis für eine Durchsuchung erhalten. Kurzerhand nickte sie Lukas zu. Sie stiegen beide die knarzenden Stufen hinauf. Oben angekommen zog sie die Gummihandschuhe aus der Tasche und streifte sie über; Lukas tat es ihr gleich.

»Vielleicht war ja ein Scheck im Kuvert«, sagte er.

»Der Walterscheidt senior gibt doch einem Trinker keinen Scheck. Außer er hat gehofft, dass der ihn sowieso nicht einlöst. Aber mal ehrlich, das hätte den Kerl niemals davon abgehalten, seine Tochter zu schlagen.« Hier oben gab es nicht viel. Das erste Stockwerk musste nachträglich angebaut worden sein, deshalb gab es lediglich einen großen Raum auf der rechten Seite und eine Tür auf der linken. Der größere Bereich diente als Sammelstelle für Sperrmüll und war vollgestopft mit alten Möbeln, Haushaltsgegenständen und Mülltüten. Der Geruch war atemberaubend. In

der Hitze hatten sich zweifellos ganze Bakterien-
armeen gebildet.

Maike wandte sich der Tür zu und öffnete sie.
Eine Zeitreise hätte sie nicht mehr überraschen
können. Der Raum musste Julia gehört haben, war
eingerichtet wie das typische Zimmer eines Teena-
gers.

An den Wänden hingen Poster diverser Boyg-
roups, über dem Tisch eine Pinnwand mit Fotos.
Die Bilder zeigten Julia, einen Jungen, den Maike
als Dennis erkannte, und ein weiteres Mädchen.
Auf einem saß ein Lehrer hinter einem Pult, der
vermutlich Peter Mosbacher war.

»Sie hatte ein Bild von ihm.« Maike tippte darauf.

Das Bett war mit einem hellblauen Laken bezo-
gen, auf dem Schreibtisch stand eine Lavalampe.
Ein wenig 90er-Chic hatte es also in die 2000er geschafft.

»Frau Pech.« Lukas deutete auf die Tischplatte.

Links lag ein einzelner Briefumschlag ohne Auf-
schrift. Rechts ein ganzer Stapel, der mit der Post
gekommen war. Maike griff sich zuerst den Stapel
und blickte auf den Stempel. »Die kamen alle nach
ihrem Tod. Hat ihr Vater wohl aufgehoben.«

Lukas hatte den Umschlag geöffnet und den Inhalt herausgenommen. Es war ein gefalteter Zettel
darin. »Ach herrje.«

»Was ist es?«, fragte Maike. Er reichte ihn ihr weiter und sie las. »Die schriftliche Bestätigung eines Termins, der zuvor telefonisch vereinbart wurde.« Sie sog scharf die Luft ein. »Bei einem Frauenarzt. Und zwar vereinbart von Frau Walterscheidt.«

Sie ließ das Papier sinken.

»Wenn Manfred Walterscheidt Julias Vater das gezeigt hat«, sagte Lukas,

»kann ich verstehen, warum das Schlagen aufgehört hat.«

Der Termin war laut Schreiben auf eine Woche vor Julias Tod vereinbart worden. Doch hatte sie ihn auch wahrgenommen? Und falls ja, wie sah das Ergebnis aus?

Maike zog einen Klarsichtbeutel aus ihrer Jacke und verstaute das Papier darin, in einem zweiten den Stapel an Kuverts. Das mussten sie genauer prüfen.

»Falls es den Arzt noch gibt, können wir darauf hoffen, das Ergebnis zu erfahren.«

Sie durchsuchten die Schubladen des Schreibtischs, ebenso den Schrank.

»Hier hängen ziemlich viele leere Bügel, ein Großteil der Kleidung ist weg, würde ich sagen.« Lukas stand etwas ratlos vor dem fast leeren Schrank.

»Jemand war noch einmal hier und wollte es so aussehen lassen, als sei Julia tatsächlich verreist.«

Maike durchdachte das Szenario. »Dem Mörder muss klar gewesen sein, dass niemand glauben würde, Julia sei nach Indien abgehauen, wenn all ihre Kleidung und sonstigen Sachen noch hier waren. Vielleicht kam er her und hat sich darum gekümmert. Warum ist das eigentlich damals niemandem aufgefallen? Hat Gabi dieses Zimmer damals nicht durchsucht?«

»Theodor Stoffels hat es ihr verboten«, erwiderte Lukas. »Und ohne einen Durchsuchungsbeschluss war da nichts zu machen. Julia war aufgrund ihrer Volljährigkeit frei zu tun, was immer sie wollte. Es gab ja am Ende keine Hinweise auf ein Verbrechen, lediglich der Lehrer war überzeugt, dass etwas nicht stimmte.«

»Dieser Peter Mosbacher wird immer spannender.« Maike wandte sich der Tür zu.

Gemeinsam gingen sie wieder nach unten. Sie verzichtete darauf, Theodor Stoffels zu erzählen, dass sie das Kuvert und die Briefe an sich genommen hatten.

»Sie haben das Zimmer so gelassen?«, fragte Maike stattdessen.

»Wozu ändern? Ist nur Arbeit.«

Für einen winzigen Augenblick sah sie etwas in seinen Augen aufblitzen, das Schmerz sein musste. Doch der Moment verging.

»Julia war also schwanger?«, wollte Maike wissen.

»Keine Ahnung. Der Walterscheidt hat erzählt, dass sie sich ihnen anvertraut hat. Nur ihr geliebter Dennis, der wusste von nichts. Sie sollte erst sicher sein und dann entscheiden, was zu tun war. Die haben sich aufgespielt, als seien sie schon die Schwiegereltern.«

»Und was bei dem Termin beim Frauenarzt herausgekommen ist, wissen Sie nicht?«

»Nö«, ein kurzes Schulterzucken. »Und ist mir auch egal. Soll sie sich alleine mit dem Balg herumschlagen.«

»Sie meinen, ›hätte sie sich sollen‹«, korrigierte Maike. »Ihre Tochter hat ja keine Gelegenheit mehr dazu.«

»Hätt' sie halt aufgepasst.« Stoffels schüttelte den Kopf.

»War bei uns genauso. Ihre Mutter hat sich nicht gekümmert und dann ist es eben passiert. Und schon hatte ich beide an der Backe.«

Maikes Wut schoss empor, wie eine explodierende Granate. »Also erstens, ist dieses ›kümmern‹ etwas, das ein verantwortungsbewusster Mann auch selbst übernimmt! Und zweitens: Wie konnten Sie ihre Tochter nur damit alleine lassen?« Sie bereute den Ausbruch sofort, denn auf dem Gesicht von Stoffels breitete sich grimmige Wut aus.

»Raus«, sagte er, die Hand so fest um den Flaschenhals geschlossen, dass die Knöchel weiß hervortraten.

»Wir gehen.« Maike gab Lukas ein Zeichen. »Aber ich verspreche Ihnen, ich finde heraus, wer für den Tod ihrer Tochter verantwortlich ist. Und derjenige wird den Rest seines Lebens in einer Zelle verbringen. Ohne einen Tropfen Alkohol.«

Damit stapfte sie hinaus, dicht gefolgt von Lukas.

An der Tür angekommen blickte sie noch einmal zurück. Stoffels war brüllend aufgesprungen und schleuderte die Bierflasche durch das Wohnzimmer an die Wand.

Maike schloss die Tür. »Was für ein Dreckskerl. Die arme Julia.«

»Das ändert die Sachlage deutlich, sagte Lukas in seiner typisch geschraubten Art.

»Ach, meinen Sie?«, erwiderte Maike ironisch.

»Durchaus. Zum einen steht Gabis Chef jetzt deutlicher im Fokus, er war viel tiefer involviert, als wir dachten.«

»Und zum anderen?«, fragte Maike, während sie Richtung Auto liefen.

»Ich frage mich, wie die Walterscheidts oder Dennis reagiert hätten, falls das Kind gar nicht von Dennis war.«

Womit Lukas exakt das aussprach, was ihr bereits durch den Kopf gegangen war.

Sie mussten herausfinden, was von diesem Punkt an damals weiter vorgefallen war. Tage später hatte Julia unbedingt nach Indien gewollt. Abrupt. Wollte sie das ungeborene Kind vor ihrem

Vater schützen? Oder sich selbst, weil die Wahrheit anders ausgesehen hatte, als sie allen erzählte?

Sie fuhren zurück zum Revier, um die nächsten Schritte zu besprechen und Formulare für die Beweismittel auszufüllen. Maike hatte bereits eine ganz genaue Vorstellung davon, was sie weiter tun wollte. Und an oberster Stelle auf der Liste stand ein Telefonat.

10.Kapitel

Auf dem Revier hatte Gabi zwar nichts von ihrer Energie verloren, wirkte aber wie ein Kochtopf, in den jemand Dynamit gesteckt hatte. Die Explosion stand kurz bevor.

»Gabi, ich nehme dann mal an, der Herr Walterscheidt senior hat sich gemeldet?«, fragte Maike.

»So kann man das nennen. Mehrfach. Zuerst ganz kollegial, dann wollte er mir ein schlechtes Gewissen machen und jetzt verlangt er, Sie zu sprechen, Frau Pech.«

»Da kann er lange warten.«

Natürlich wollte sie die Walterscheidts befragen, doch der Besuch bei Theodor Stoffels hatte ihr noch einmal verdeutlicht, wie viele Details bisher unentdeckt geblieben waren. Und genau darüber würde sie auch mit den Eltern von Dennis sprechen, aber erst später.

»Lukas, seien Sie so nett und übertragen unsere Notizen in ein Protokoll, ich lese dann gegen und zeichne ab. Gabi, schaust du dir das Ganze bitte ebenfalls an. Wir haben neue Details entdeckt, die den gesamten Ablauf in ein anderes Licht rücken. Ich telefoniere kurz und dann fahren wir zu Peter Mosbacher, Julias Lehrer.«

Die beiden gingen ans Werk und Maike in ihr Büro. Hier wählte sie die Nummer von Zoe.

»Schwäfel, rechtsmedizinisches Institut«, erklang es aus dem Hörer.

»Maike hier.«

»Wieso rufst du denn auf der Dienstleitung an?«, fragte Zoe.

»Ich wollte auch mal hören, wie du dich meldest.«

»Touché.« Zoe kaute, was zweifellos einem weiteren Salat das Leben kostete.

Maike öffnete ihre Schublade und nahm ein Stück Marzipan aus einer Schachtel, die sie am Morgen vorsorglich dort deponiert hatte. »Wir haben gerade ein paar interessante Entdeckungen gemacht, die mit Julia zu tun haben. Vielleicht kannst du mir da weiterhelfen.« Sie fasste ihren Besuch bei Dennis Walterscheidt und Theodor Stoffels zusammen.

»Schwanger oder nicht schwanger, das ist hier die Frage«, rezitierte Zoe frei nach Shakespeare.

»Jetzt lassen wir hier mal nicht die Doktorin raushängen, ja?« Maike genoss den Geschmack des Marzipans und lehnte sich entspannt zurück.

»Konntest du bei deiner Obduktion feststellen, ob Julia schwanger war?«

»Keine Chance«, machte Zoe ihre Hoffnung zunichte. »Fetales Gewebe nach fünfzehn Jahren, wo von dem Körper selbst kaum mehr als Gelee übrig ist, sorry. Ihr braucht das Ergebnis von damals.«

»Ich frage gleich mal Gabi. Wir haben ja den Brief vom Frauenarzt. Da wird sich das doch zügig klären lassen.«

»Die Unterlagen sind nach so langer Zeit vermutlich vernichtet worden, wobei ich jetzt mit der Datenschutzverordnung in Arztpraxen nicht auf dem neuesten Stand bin.« Ein frisches Knacken, dann erklang ein Kauen wie auf der Weide. Kurz darauf sprach Zoe weiter: »Wer denkst du, war es?«

»Ehrlich, ich tappe noch im Dunkeln. Der Dennis hat auf mich den Eindruck gemacht, dass er vollkommen geschockt war. Ernsthaft, der wollte damals mit ihr nach Indien. Wieso sollte er sie also direkt davor umbringen? Wegen eines Streits, der über Handy-SMSe geführt wurde? Hat sie ihm damals vielleicht gesagt, dass sie schwanger ist? Das Baby nicht von ihm ist? Aber würde sie das über eine Textnachricht machen ...?«

»Heute würde er vermutlich ein TikTok-Video kriegen. Hat er ein Alibi?«, fragte Zoe.

»Laut Akte war er an jedem Abend der Woche zu Hause.« Maike zog den Ordner hervor. »Gabi hat sich das von Manfred Walterscheidt bestätigen lassen, wobei ich jetzt nicht allzu viel darauf gebe. Die Eltern würden ihren Sohn ja kaum ausliefern. Außerdem hätte er auch heimlich rausschleichen können.«

»Ich warte nur auf den Tag, an dem Sarah das macht.« Zoe trank einen Schluck und atmete aus. »Das wird noch lustig mit ihr.«

Maike überging die Einladung zum Teenie-Talk. Das frustrierte am Ende nur. »Der Vater – Theodor Stoffels – ist auf der anderen Seite natürlich das Paradebeispiel für einen möglichen Totschlag mit Trunkenheit. Andererseits traue ich ihm keinesfalls zu, Julia einzumauern. Das könnte er nicht. Da ist etwas in ihm, ein letzter Rest an Vater sozusagen. Obwohl, er hat zeitweise auf dem Bau gearbeitet. Mmmh.«

»Wer ist denn noch übrig auf deiner Liste?«, fragte Zoe.

»Ich hätte da den Lehrer, Peter Mosbacher. Und natürlich die älteren Walterscheidts. Sie standen Julia wohl nah, haben sie als Freundin von Dennis akzeptiert. Das ging eben so weit, dass Manfred Walterscheidt zu den Stoffels fuhr und das Terminblatt für die Untersuchung beim Frauenarzt übergeben hat. Das hat den aggressiven Attacken den Stecker gezogen.«

»Gar nicht mal dumm. Damit hat er Julia geschützt, ohne das Gesetz zu übertreten. Hast du schon mal daran gedacht, dass es gar nicht darum geht, dass er Dennis schützen wollte?«

»Wie meinst du das?« Maike war mit dem nächsten Stück Marzipan gerade auf dem Weg zum Mund, stoppte aber in der Bewegung.

»Wenn Julia für die Walterscheidts wie eine zweite Tochter war, dann könnten die auch einfach sehr daran interessiert gewesen sein, *sie* zu schützen. Und wollen, dass die Sache aufgeklärt wird.«

Von dieser Seite hatte Maike es noch gar nicht betrachtet. Hatte sie Walterscheidt senior Unrecht getan? »Heute Mittag nehme ich mir Peter Mosbacher vor, der unterrichtet mittlerweile an einer Kölner Schule.« Sie nannte den Namen des Gymnasiums.

»Ah, kenne ich. Hat einen guten Ruf. Wenn er dort gelandet ist, ging es auf der Karriereleiter nach oben. Du, ich muss in die nächste Obduktion. Wir haben gerade einen Unfall reinbekommen, Fahrrad gegen Motorrad. Der Fahrradfahrer hat verloren und jetzt wollen die ein Gutachten.«

»Viel Spaß. Äh, du weißt, was ich meine.«

»Aber klar. Dir auch.«

Maike beendete das Gespräch und beschloss, kein Fleischwurstbrötchen zu Mittag zu essen. Das Marzipan war genug, das bedeutete sowieso schon eine Stunde Crosstrainer.

Sie ging zurück in das Büro von Lukas und Gabi.

»Die Julia war also schwanger.« Während Gabi das sagte, starrte sie Maike verblüfft an. »Das hätte ich ja nie gedacht.«

»Wir wissen nicht, ob es ein Verdacht war oder tatsächlich zutraf«, stoppte Maike. »Aber falls es so ist, wird die Frage nach dem möglichen Vater eine spannende. Kennst du diesen Frauenarzt, bei dem sie den Termin hatte?«

»Den Doktor Lüdenbach kannte hier jeder«, erwiderte Gabi.

»Ich traue mich jetzt gar nicht zu fragen, aber was genau bedeutet in dem Zusammenhang ›kannte‹. Ist er in Rente?« Maike wappnete sich für das Schlimmste.

»Der liegt auf dem Friedhof«, sagte Gabi. »Starb 2017, wenn ich mich recht erinnere. Die Praxis hatte keinen Nachfolger und wurde aufgegeben.«

Beinahe wäre Maike zurück in ihr Büro marschiert, um noch ein Stück Marzipan hinterherzuschieben. »Wir brauchen das Ergebnis dieser Untersuchung!«

»Falls Julia den Termin noch wahrgenommen hat, hat sie doch bestimmt mit jemandem darüber gesprochen«, merkte Gabi an. »Dem Vater des Kindes vermutlich.«

»Jetzt müsste man halt nur wissen, wer der *potenzielle* Vater ist. Da kommt meiner Ansicht nach nicht nur Dennis in Frage, sondern auch der Lehrer Mosbacher.«

»Wie bitte?« Gabi riss die Augen auf. »Aber nein, das glaube ich nicht. Die Julia doch nicht. Die war doch so glücklich mit dem Dennis.«

»Okay. Lukas, wir beide fahren nach Köln. Roadtrip mit anschließendem Verhör, heute machen wir das Trio voll«, legte Maike fest.

»Die Protokolle sind übrigens fertig«, verkündete er.

»Ich drucke sie aus, lese gegen und lege sie dann auf Ihren Schreibtisch«, sagte Gabi.

»Ach, Gabi, da kommt mir eine Idee. Du kennst doch bestimmt die ehemalige Sprechstundenhilfe von Doktor Lüdenbach.«

»Die hat gewechselt. Zuerst war das die Ludmilla, aber später dann die Franziska.« Gabi grübelte. »Und gab es dann nicht auch noch die Sandra?«

»Hol mir einfach die Person ans Telefon, die damals 2006 in der Praxis gearbeitet hat. Wir müssen wissen, ob Julia zu der Untersuchung erschienen ist, ob sie alleine war und wie das Ergebnis lautete.«

»Wird gemacht.« Gabi begann mit grimmiger Entschlossenheit auf die Tastatur einzuhämmern.

Gemeinsam mit Lukas ging es aus dem Revier, die Treppenstufen hinab zum Auto. Minuten später trat Maike das Gaspedal durch und preschte über die Autobahn in Richtung Köln.

»Was wissen wir über den Mosbacher?«, fragte sie.

»Unterrichtet am Gymnasium Bio, Chemie und Mathe. Es gibt keinerlei Vorstrafen, nicht einmal geblitzt wurde der. Ist heute sechsundvierzig Jahre alt, war damals einunddreißig. Das war's.«

»Verheiratet, Kinder?«

»Gabi hat ihn damals nicht durchleuchtet, aber selbst wenn, wären es keine aktuellen Informationen«, erwiderte Lukas. »Und mehr hat sie auch nicht mehr über ihn gefunden, als sie die Informationen ergänzt hat. Kein Social-Media-Account, nichts.«

Fairerweise musste Maike sich ins Gedächtnis rufen, dass selbst Jens oder Grasso keine Ermittlungen auf einer so dürftigen Datenbasis eingeleitet hätten. Falls ihre Nichte Sarah sich mit achtzehn ins Flugzeug setzte, um ihren Protest gegen die Lebensabschnittsdiktatoren auf eine neue Höhe zu treiben, lag auch kein Verbrechen vor.

Dank Maikes ausgefeiltem Fahrstil erreichten sie Köln in Rekordzeit. Peter Mosbacher wohnte in der Südstadt, wo es gleich mehrere Gymnasien gab.

Mit viel Hupen, Bremsen, Gas-Geben und Schimpfen, erreichten sie schließlich eine Sackgasse, in der der Lärm ringsum schlagartig endete. Eine Insel im Chaos, gesäumt von sauberen Fassaden und einem gepflegten Bürgersteig. Sie hatte mehrere schöne Cafés gesehen, und Urban Gardening wurde anscheinend auch ganz groß geschrieben.

»Schönes Eckchen«, kommentierte Lukas.

»Wir sind ja auch nicht mehr in Niederteerbach«, konnte Maike sich nicht verkneifen.

Sie parkte den Wagen ganz am Ende.

Peter Mosbacher wohnte in einem Haus mit hellblauer Fassade im dritten Stock. Auf ihre Vorstellung über die Sprechanlage folgte ein Augenblick der Stille, dann wurde der Summer betätigt.

Die Treppenstufen waren aus Holz und quietschten, als sie hinaufstiegen. Es war ein renovierter Altbau, der Maike auf Anhieb gefiel. Das war der Unterschied, wenn das Wort ›renoviert‹ davorstand oder eben fehlte.

Peter Mosbacher erwies sich als attraktiver Mann, der über den Jeans ein hellblaues Hemd trug. Die Ärmel waren nach oben geschlagen, am linken Handgelenk erkannte sie ein Lederbändchen.

»Und Sie unterrichten Mathematik!?«, entfuhr es Maike. »Entschuldigung. Das war anders gemeint, als es herauskam.«

Ein schönes Lächeln besaß er auch noch, das seine Gesichtszüge von professioneller Distanz in einnehmend freundlich verwandelte. Zuerst Grasso, jetzt ein attraktiver Zeuge. Vielleicht war es langsam an der Zeit, sich mal wieder um ein Date zu kümmern.

»Kann ich Ihnen sonst noch irgendwie helfen?«, fragte Mosbacher.

»Wie ich bereits an der Sprechanlage erwähnte, würde ich mit Ihnen gerne über Julia Stoffels sprechen.«

»Was eine Ewigkeit zurückliegt«, gab er zurück.

»Das ist das Problem, wenn man die Leiche erst fünfzehn Jahre später findet.«

Peter Mosbacher erbleichte. »Sie ... ist tot?«

Maike ärgerte sich sofort innerlich über diesen Patzer. Sie war durch den verdammten Artikel davon ausgegangen, dass auch Mosbacher bereits von dem Leichenfund wusste. Als ob er sich täglich die Zeitung von Niederteerbach liefern ließ.

»Es tut mir leid«, sagte sie. »Aber Sie verstehen jetzt sicher, warum wir mit Ihnen sprechen wollen.«

»Kommen Sie herein.« Er zog die Tür gänzlich auf.

Die Wohnung entpuppte sich auf den ersten Blick als gemütlich. Helle Bodendielen glänzten poliert, ein länglicher Teppich wandt sich durch den Gang. An der Seite standen gesund wirkende Pflanzen in Kübeln.

Das Wohnzimmer bestand aus einer L-förmigen weißen Couch, einer Multimediawand und einem Esstisch. Die gesamte Wohnung hätte sich perfekt in einem Möbelkatalog gemacht.

»Nehmen Sie Platz.« Mosbacher deutete auf die Couch.

»Danke.« Maike registrierte durchaus, dass er ihnen nichts zu trinken anbot. »Sie waren Julias Lehrer?«

»Bio, Chemie und, wie Sie ja wissen, Mathe.« Er wollte lächeln, doch es missriet zur Grimasse. »Sie war eine meiner besten Schülerinnen, trotz der privaten Probleme.«

»Der Vater«, warf Maike ein.

»Sie haben ihn kennengelernt?«, fragte er.

»Wir hatten das Vergnügen.«

»Dann wissen Sie eigentlich schon alles, was es zu wissen gibt. Als ich Julia einmal auf einen verstauchten Finger angesprochen habe, wurde sie wütend. Das geschieht gar nicht so selten bei Opfern von häuslicher Gewalt. Über eine Förderstunde habe ich sie dann näher kennengelernt.

Ich wollte ihr dadurch die nötige Unterstützung für ein Stipendium zukommen lassen. Das ist eine längere Geschichte. Auf jeden Fall ist irgendwann die Wahrheit aus ihr herausgebrochen.« Er schluckte. »Mit allen Einzelheiten.«

»Sie haben das Sozialamt eingeschaltet.« Maike hatte sich die Akte vorher nochmal angesehen und sich dieses Detail gemerkt.

»Ein nutzloses Unterfangen«, sagte Mosbacher. »Es gab nur Hinweise, und gegenüber der Dame vom Amt hat Julia den Mut verloren. Sie hatte nie die Chance, Selbstbewusstsein zu entwickeln. Ich habe ihr also die Möglichkeit geboten, täglich nach der Schule noch ein paar Stunden zu bleiben und gleichzeitig eine mögliche Zukunft nach der Rückkehr aus Indien vorzubereiten.«

»Wie hat Julias Freund darauf reagiert?« Maike schlug die Beine übereinander und ließ Mosbacher nicht aus den Augen.

»Sie hat sich auch ihm gegenüber geöffnet und wie das so ist, erfuhren es dann die Eltern von Dennis. Sie haben Julia rührend unterstützt, soweit das eben möglich war. Am Ende ist sie aber stets wieder nach Hause gegangen.«

»Erklären Sie mir, weshalb Sie sie als vermisst gemeldet haben?«, fragte Maike.

»Sie hatte ihren Abschluss in der Tasche und wollte nach der Zeugnisverleihung mit Dennis Deutschland, Europa und schließlich Indien bereisen«, erklärte er. »Ich bin mir absolut sicher, dass sie nicht vorher alleine abgehauen wäre. Die beiden waren wie siamesische Zwillinge.«

»Kein Streit, keine Probleme?«, wollte Maike wissen.

»Hier und da kleinere Streitereien, wie das zwischen jungen Leuten in dem Alter so ist«, sagte er. »Nichts Außergewöhnliches.«

»Wussten sie, dass Julia möglicherweise schwanger war?«

Sie wollte dem armen Kerl nicht unbedingt den nächsten Schock verpassen, aber sie benötigte seine Reaktion so klar wie möglich. Und die war eindeutig. Kaum zu glauben, doch sein Gesicht wurde noch bleicher. »Schwanger? Davon wusste ich nichts. Sie hat es nicht einmal angedeutet. Aber ... Das ergibt Sinn.«

»Weil?«, fragte Maike.

»Es war kurz vor ihrem Verschwinden. Die Kids – letztlich sind sie das für mich auch noch in dem Alter – saßen in der Nähe der Schule und hatten sich ein paar Kölsch gegönnt. Da es außerhalb der Schulzeit und des Geländes war, habe ich nichts gesagt. Und sie waren ja volljährig. Allerdings trank Julia eine Cola, kein Kölsch. Das hat mich gewundert. Die Abiturienten trinken in der Zeit des Abschlusses eigentlich nichts, was nicht mindestens 4,8 % Alkohol hat.«

Maike sah, dass Lukas eifrig notierte. Falls Julia zu diesem Zeitpunkt das Ergebnis der Untersuchung bereits gehabt hatte, wäre es ein mehr oder weniger eindeutiger Hinweis auf eine Schwangerschaft gewesen.

»Und Sie sind sicher, dass das Kind von Dennis gewesen wäre?«, fragte sie.

Mosbacher seufzte. »Mir ist schon klar, dass Sie in alle Richtungen ermitteln. Aber um das klarzustellen: Ich hatte keine Affäre mit meiner Schülerin. Weder mit Julia noch irgendeiner anderen Person. Dieser Beruf ist meine Leidenschaft, ich will den Kindern helfen.«

»Das ist ehrenhaft, aber ich muss diese Fragen stellen. Sie haben sich für Julia eingesetzt, sich engagiert. Das geht weit über das hinaus, was ein Lehrer für gewöhnlich tut.«

Für eine winzige Sekunde wirkte Mosbacher unschlüssig, als wolle er noch etwas ergänzen. Sein Blick huschte zur geschlossenen Tür, die in den angrenzenden Raum führte.

»Das ist nichts Negatives.« Seine Stimme war jetzt so verschlossen, wie sein Gesicht. »Ich denke, ich habe Ihnen alles gesagt, mehr Informationen habe ich nicht.«

»Natürlich.« Maike erhob sich. »Falls Ihnen noch etwas einfällt, rufen Sie bitte auf dem Revier an.«

So freundlich Mosbacher zuvor gewesen war, so schnell wollte er sie jetzt loswerden. Geradezu hektisch brachte er Lukas und sie zur Tür, schlug sie energisch hinter ihnen zu.

»Da haben wir wohl einen Nerv getroffen«, sagte Lukas, als sie das Haus verließen.

»Fragt sich nur, welchen.«

Sie stiegen in den Nissan. Maike linste nach oben und konnte Peter Mosbacher hinter dem Fenster stehen sehen. Sie startete den Motor und fuhr die Straße entlang. Außerhalb des Blickwinkels der Wohnung hielt sie an und parkte erneut.

»Was tun wir?«, fragte Lukas.

»Einem Instinkt folgen.«

War noch jemand in der Wohnung gewesen?

War es nicht, wie sich kurz darauf herausstellte. Peter Mosbacher verließ das Haus alleine, einen großen Koffer hinter sich herschleppend.

»Wow«, entfuhr es Lukas.

Der Koffer besaß Rollen, war knallpink und obendrein mit einer Sonne und einem Einhorn bemalt. Ein runder gelber Aufkleber war mit Edding überstrichen worden.

»Ich gehe jede Wette ein, dass ich die Besitzerin dieses Koffers kenne«, sagte Maike leise.

»*Er* hat also das Zimmer von Julia ausgeräumt, ihre Kleidung geholt«, begriff Lukas. »Nachdem sie nicht mehr am Leben war.«

Peter Mosbacher wuchtete den Koffer in den Kofferraum eines blauen Suzuki und schloss die Klappe. Hektisch stieg er ein, würgte den Motor ab, startete neu und brauste Sekunden später an ihnen vorbei.

Maike nahm die Verfolgung auf, ließ jedoch immer zwei Autos zwischen ihnen Platz. Vermutlich wäre das gar nicht notwendig gewesen, denn Mosbacher schien völlig darauf konzentriert, sein Ziel so schnell wie möglich zu erreichen.

»Wo will er hin?« Lukas versuchte seine Stimme unter Kontrolle zu halten, Maike spürte seine Aufregung.

Mosbacher fuhr über die Autobahn linksrheinisch aus Köln heraus, bis zu einem Waldstück mit See.

Maike parkte hinter ein paar Bäumen und sprang hinaus. Mit schnellen Schritten eilte sie Mosbacher hinterher. Durch das Laub konnte sie erkennen, dass er den Koffer hervorwuchtete. Er ging auf den See zu. »Das lassen wir dann mal sein!«, rief sie.

Er zuckte zusammen und ließ den Koffer los, der zu Boden fiel. Von Nahem konnte Maike erkennen, dass auf dem gelben Button der Name Julia gestanden hatte. Selbst unter dem Edding war dieser noch sichtbar.

»Es ist nicht das, wonach es aussieht!«, rief Mosbacher, die Arme erhoben.

»Das sagen sie alle. Ich würde mal freundlich vorschlagen, das besprechen wir auf der Wache weiter.« Sie nickte in Richtung Koffer.

»Und den da nehmen wir mit. Ich habe so eine Ahnung, dass ich weiß, wem der einmal gehört hat.«

Maike betrachtete Peter Mosbacher mit kalter
Miene. Die Zeit der Ausflüchte und Halbwahrheiten war vorbei.

11.Kapitel

Die Rückfahrt erfolgte schweigend.

Peter Mosbacher saß auf dem Rücksitz und wirkte, als wolle er sich jeden Augenblick übergeben. Da Maike ihn nicht verhaftet hatte, konnte er grundsätzlich jederzeit darauf bestehen, auszusteigen. Aber das würde er nicht tun, sie sah es ihm an.

Auf der anderen Seite hätte ihr mit diesen Indizien vermutlich jeder Richter einen Haftbefehl ausgestellt. Vorausgesetzt, bei dem Koffer handelte es sich tatsächlich um den von Julia Stoffels.

Beim Revier angekommen streifte Lukas Gummihandschuhe über und nahm ihn aus dem Kofferraum. Maike kümmerte sich um Peter Mosbacher, ließ ihn die Treppe voran nach oben gehen. Verwirrt blickte er auf die Hochzeitsgesellschaft, die sich vor dem Standesamt versammelt hatte. Maike hatte sich bereits daran gewöhnt.

Im Revier ging es durch den Gang direkt in ein Verhörzimmer, vorbei an der verblüfften Gabi.

»Warten Sie doch hier bitte einen Augenblick«, sagte Maike und schloss die Tür.

Sie eilte in das Büro zurück, wo Lukas gerade den Koffer abstellte.

»Das ist aller Wahrscheinlichkeit nach der Koffer von Julia Stoffels«, erklärte sie Gabi. »Bitte mit aller Vorsicht öffnen und durchsuchen. Ich brauche den Beweis, dass er wirklich von ihr stammt. Die Spusi kann danach Fingerabdrücke nehmen.«

»War das der Mosbacher?«, fragte Gabi.

»Der wollte gerade den Koffer in einen See werfen«, berichtete Maike.

»Unser Auftauchen hat ihn so geschockt, dass er bisher noch nicht das Wort ›Anwalt‹ ausgesprochen hat. Ich würde das auch gerne so belassen, es ist ja keine offizielle Verhaftung. Lediglich ein Gespräch auf freiwilliger Basis.«

»Verstanden«, sagte Gabi, die sofort begriff. »Ich schicke Ihnen die Fotos zum Inhalt des Koffers via Smartphone rüber.«

»Wunderbar. Kommen Sie, Lukas, wir unterhalten uns jetzt einmal ausführlich mit Julias ehemaligem Lehrer.«

Sie kehrten zurück ins Verhörzimmer. Ein schlichter Raum mit Tisch ohne sonstige Gegenstände. Im Falle einer Verhaftung, bei einem offiziellen Verhör, wurde ein Tonband zugeschaltet.

In diesem Szenario beschränkte sie sich auf Notizen. Mosbacher musste zugänglich bleiben.

»Möchten Sie ein Glas Wasser?«, fragte Lukas und nahm damit automatisch die Rolle des freundlichen Nachwuchspolizisten ein.

Mosbacher schüttelte nur den Kopf, noch immer so bleich wie zuvor am See.

»Ihnen ist aber schon klar, dass das jetzt unvorteilhaft für Sie aussah«, begann Maike langsam. »Soll ich mal raten, wem der Koffer gehört hat?«

»Das kann ich Ihnen auch verraten: Julia Stoffels. Es ist ihrer. War ihrer. Sie wissen schon.«

Das war jetzt doch leichter gewesen, als Maike erwartet hatte. »Und schon sind wir ein Stück weiter. Als Sie in Ihrer Wohnung auf die Tür zum Nebenraum gestarrt haben, dachte ich ja erst, dass da noch jemand ist. Aber es ging um den Koffer, richtig?«

»Ich hatte überlegt, Ihnen zu sagen ... na ja, alles. Aber dann wäre ich vermutlich noch verdächtiger erschienen.«

»Was natürlich ganz anders ist, wenn sie den Koffer einer Toten im See versenken.«

»Das hätte ja niemand gemerkt.« Mosbacher wirkte einen Kopf kleiner, seine Schultern hingen schlaff herunter.

»Ist jetzt ein Argument«, gab Maike zu. »Aber dann eben dumm gelaufen. Erzählen Sie doch einfach mal, wie sich das alles ereignet hat.«

»Was meinen Sie?«

»Ich gehe davon aus, es war eine Affekthandlung«, erklärte Maike.

»Wovon sprechen Sie?!« Die bleiche Haut von Mosbacher nahm einen ersten zarten Rotton an.

»Von den Umständen des Todes von Julia«, führte Maike weiter aus. »Ich habe sie nicht umgebracht! Wieso hätte ich das tun und sie dann als vermisst melden sollen?«

»Also wir alle schauen ja ab und an einen Krimi«, konnte sie sich nicht verkneifen zu sagen. »Um abzulenken, nehme ich an. Wie kamen sie denn sonst an den Koffer?«

»Julia hat ihn mir gebracht.«

Die Antwort verschlug Maike tatsächlich für einen Augenblick die Sprache, was nicht allzu häufig geschah.

»*Vor* ihrem Tod?«, entfuhr es Lukas.

»Danach geht wohl kaum.« Für einen Moment konnte Maike sich Mosbacher gut als Lehrer vorstellen.

Er erholte sich eindeutig zu schnell.

»Jetzt lassen wir hier mal die Frechheiten«, sagte Maike. »Wieso sollte Julia Ihnen einen gepackten Reisekoffer vorbeibringen, wenn sie beide doch keine Affäre hatten – wie sie nicht müde werden zu betonen.«

»Hatten wir auch nicht. Es war am Tag ihres Verschwindens«, erklärte er.

»Sie stand mittags vor meiner Tür, mit dem Koffer. Ich solle ihn aufbewahren.« Er atmete schwer aus, als liege ein Gewicht auf seinen Schultern. »Ihre Lippe war wieder aufgeplatzt.«

Maike starrte Mosbacher an und verspürte einen Sturm an miteinander streitenden Gefühlen. Sie wollte ihm auf der einen Seite glauben, auf der anderen sprach wirklich alles gegen ihn. »Und dann nehmen Sie einfach so den Koffer einer Schülerin. Das muss Ihnen doch klar gewesen sein, wie sowas aussieht.«

Ihr Smartphone in der Hosentasche vibrierte. Sie zog es hervor und warf einen kurzen Blick auf die eingegangenen Bilder. Gabi hatte den Koffer geöffnet und den Inhalt fotografiert. Ein Kulturbeutel mit Duschgel, Haarshampoo und weiteren Kosmetika. Kurze und lange Hosen, Shirts und Pullover. In einem Umhängebeutel steckte der Reisepass.

»Der Plan mit der Indienreise ist also noch immer auf Kurs gewesen«, sagte Maike. »Sonst hätte sie den Koffer wohl kaum bei Ihnen untergestellt.«

»Und der Termin für die Reise stand ebenfalls. Da hatte sich nichts geändert«, erklärte Mosbacher. »Aber weil ihr Vater sie wohl wieder schlug, hat sie früher damit begonnen, die Vorbereitungen einzuleiten.« Maike runzelte die Stirn. »An dem Abend muss es wohl sehr schlimm gewesen sein.«

»Julia war völlig aufgelöst«, bestätigte er. »Ich habe ihr vorgeschlagen, dass wir gemeinsam Dennis' Eltern kontaktieren, damit sie erst einmal dort unterschlüpfen kann. Wollte sie aber nicht.«

»Weshalb?«, fragte Maike.

»Sie müssen verstehen, dass eine solche Situation ein Tanz auf der Rasierklinge ist.« Mosbachers Blick verlor sich im Nichts. »Ein ständiges Wegducken, keinen Fehler machen, kein falsches Wort sagen. Andernfalls geht es sofort wieder los. Betrunkene merken dann nicht, wo die Grenze ist. Sie als Polizistin wissen das ja selbst. Da stirbt auch schon mal ein Kind, weil der Schlag zu fest war oder der Treppensturz böse endet.«

Maike nickte langsam und betrachtete den Lehrer eingehend. »Sie kennen sich da sehr genau aus. Hatten Sie eine Schulung?« Als er zu einer Antwort ansetzte, ergänzte sie: »Wir prüfen das nach.«

Mosbacher schluckte, wandt sich, sprach aber schließlich weiter: »Ich habe selbst Erfahrungen damit gemacht. Mein Vater ... ich kenne die Anzeichen. Und das Verhalten. Und die Konsequenzen eines Fehlers. *Deshalb* wollte ich Julia helfen. Und *deshalb* habe ich auch zugelassen, dass sie den Koffer bei mir abstellt.« Die Worte kamen zögerlich, jedes einzelne davon kostete ihn Überwindung.

»Das tut mir leid«, sagte Maike und meinte es ehrlich. »Ist ihnen darüber hinaus etwas aufgefallen? Irgendwas, das Licht ins Dunkel bringen könnte?«

»Ich weiß, dass sie unbedingt nach Indien reisen wollte«, erklärte er.

»Aber da gab es irgendetwas Ungeklärtes, was ihr böse im Magen lag. Vielleicht hatte es etwas mit der Blutabnahme zu tun.«

»Bitte was?«, hakte Maike nach. »Sie hatte am Tag ihres Verschwindens eine Blutabnahme?!«

Mosbacher nickte. »Sie trug ein Shirt, und da habe ich das Pflaster gesehen.«

»Aber Sie haben sie nicht gefragt, weshalb?«

»Sie wollte nicht so richtig mit der Sprache herausrücken. Hat nur erwähnt, dass es kompliziert war. Und dass sie es tun musste. Ich habe das nicht verstanden.«

Maike durchdachte den Ablauf. Julia Stoffels hatte kurz zuvor einen Termin beim Frauenarzt. Dieser führte seine Untersuchung durch und gab das Ergebnis bekannt. Falls sie nicht schwanger gewesen war, hätte es doch keiner weiteren Blutuntersuchung bedurft. War sie es aber doch, wäre sie direkt an jenem Tag durchgeführt worden. Wieso erst später? Und war sie jetzt verdammt noch mal schwanger gewesen oder nicht?!

»Herr Mosbacher«, sagte sie. »Der Reisekoffer setzt Sie auf den ersten Platz der Verdächtigenliste. Er war bei Ihnen und das ist ein Fakt. Alles andere sind Dinge, die Sie mir erzählen. Das könnte auch erfunden sein.«

»Natürlich ist mir das klar«, sagte er und glitt merklich in einen Zustand der Akzeptanz. »Aber jetzt kann ich sowieso nichts mehr tun.«

»Wir werden den Koffer auf Rückstände hin untersuchen«, sprach sie weiter. »Ich hoffe in Ihrem Interesse, dass wir kein Blut oder Ähnliches finden. Warten Sie bitte hier.«

Gemeinsam mit Lukas verließ sie den Verhörraum.

»Mit dieser Wendung hätte ich jetzt nicht gerechnet«, sagte er. »Also dass der Lehrer selbst als Kind ... und deshalb die Hilfe.«

»Ich will gar nicht anfangen, darüber nachzudenken, wie wir das überprüfen. Aber ich muss mit Grasso sprechen. Wir müssen jederzeit eine Verhaftung vornehmen können.«

Als sie das Büro von Gabi betraten, starrte diese verblüfft auf einen Brief. Der Koffer war sauber in der Ecke verstaut und wartete darauf, dass die Spurensicherung ihn abholte.

»Was haben Sie denn da?«, fragte Maike.

»Das ist einer der Briefe, die Sie mitgebracht haben«, erklärte Gabi. »Von Julias Schreibtisch. Dieser hier ist vom Frauenarzt. Die haben sie damals nicht erreicht, aber weil sie eine Einverständniserklärung zur schriftlichen Mitteilung gegeben hatte, haben sie es geschickt.«

»Und was ist dieses ›es‹?«, fragte Maike.

»Das Ergebnis einer Blutuntersuchung.« Gabi reichte ihr das Papier. »Sie war *nicht* schwanger.«

Maike überflog die Zeilen. Es war kein Formular, stattdessen hatte Doktor Lüdenbach das Ergebnis formuliert. Inklusive der Erklärung, weshalb er den Brief schickte, vermutlich um negativen Konsequenzen bezüglich des Datenschutzes vorzubeugen. Bei der telefonischen Vereinbarung des Termins hatte Julia die Adresse der Walterscheidts hinterlassen. Doch wie von ihr gewünscht, war diese Adresse nun geändert worden, der Brief werde deshalb direkt an sie nach Hause geschickt. Deshalb war die Terminbestätigung an die erste, das Ergebnis aber an die zweite geschickt worden.

»Wenn das so weitergeht, führe ich höchstpersönlich auf dem Friedhof eine Geisterbeschwörung durch, um mit Lüdenscheid zu sprechen.« Maike senkte das Blatt.

Bevor sie weiteren Gedanken nachgehen konnte, erklang ein Keuchen, gefolgt von einem grimmig dreinblickenden Mann, der die Wache betrat.

»Manfred«, sagte Gabi verblüfft.

Maike faltete schnell das Schreiben zusammen. »Manfred ... ähhh, Herr Walterscheidt.«

»Also ich habe jetzt genug!«, platzte es aus ihm heraus. »Sie können mich nicht einfach so abspeisen. Julia war wie eine Tochter für uns. So geht das nicht!«

Maike betrachtete ihn von oben bis unten. Saubere Kleidung, er achtete auf sein Erscheinungsbild. Was man von der Gesundheit nicht behaupten konnte. Die Bauchwölbung schrie förmlich: massives Übergewicht.

»Herr Walterscheidt, kommen Sie doch in mein Büro«, bat sie. »Und Lukas, Sie kümmern sich um den Verhörraum. Bitte klären Sie da noch die letzten Sachverhalte, Protokollierung und Gegenzeichnung. Gabi, du instruierst die Spusi, sobald der Pöller eintrifft.«

Beide nickten nur, Gabi mit sichtlichem Unbehagen.

»Ich wollte Sie sowieso als Nächstes aufsuchen, Herr Walterscheidt.« Maike betrat ihr Büro und bot ihm den Besucherstuhl an. »Es wird Zeit, dass wir uns unterhalten.«

»Nichts anderes sage ich seit Tagen. Wenn Sie etwas über Julia wissen wollen, dann fragen Sie doch uns. Mich.«

Maike sank in ihren ergonomischen Stuhl. »Ihre Frau soll ich nicht befragen?«

»Alzheimer«, erwiderte er offen und direkt. »Selbst wenn Sie einen guten Tag erwischen, kommt vermutlich nichts Verwertbares dabei heraus.«

»Das tut mir leid.«

Er winkte ab. »Ich habe mich mittlerweile damit abgefunden. Hatte ja Zeit genug. Die Diagnose liegt fünf Jahre zurück.«

»Sie weiß also gar nicht, dass Julia gefunden wurde?«

Ein kurzes, aber nachdrückliches Kopfschütteln war die Antwort. »Und ich möchte auch, dass das so bleibt. Das bringt sie sonst nur wieder durcheinander.«

»Das verstehe ich. Und vielleicht können Sie mir bei ein paar Fragen helfen. Es geht um einen Arztbesuch vor dem Verschwinden von Julia.« Er wusste sofort, was sie meinte. Maike sah es an seinen Augen, die kurz schuldbewusst flackerten. »Doktor Lüdenscheid.«

»Genau der.«

»Wissen Sie ...«

»Lassen Sie mich raten, das war damals sehr kompliziert«, beendete sie den Satz. »Ist mir nämlich schon aufgefallen. Terminbestätigungen, die verschickt werden und in Kuverts ihren Vater erreichen.«

Manfred Walterscheidt schloss die Augen, runzelte die Stirn und suchte kurz darauf wieder ihren Blick. »Ich sag Ihnen das ganz offen, ich war nicht begeistert, als Julia meiner Frau ihr Herz ausgeschüttet hat. Dass es ... Anzeichen gab, dass sie Schwanger ist ... Sie wissen schon. Aber das zog sich hin, und schließlich musste da Sicherheit her.«

»Sie hätten doch einfach hingehen können zu Doktor Lüdenscheid. Ohne Terminbestätigung usw.«

»Aber das hätte es nicht gestoppt«, erklärte er, um nach einem Ruck zu ergänzen: »Ach Herrgott noch eins, Sie haben ihn doch sicher kennengelernt, den verdammten Stoffels senior. Meine Frau hat sich total über die Möglichkeit gefreut, Großmutter zu werden.« Er schüttelte den Kopf. »Dabei waren die beiden viel zu jung. Aber sei's drum, meine Frau hatte furchtbare Angst davor, was geschieht, wenn ihr Vater Julia erneut misshandelt. Also haben wir aus der Not eine Tugend gemacht.«

Maike sog scharf die Luft ein. »Sie haben den Termin vereinbart!«

»Meine Frau«, korrigierte er. »Telefonisch. Und wir haben darum gebeten, dass eine Bestätigung zu uns geschickt wird. Das war ein Service, den der Doktor Lüdenscheid damals angeboten hat. Letztlich hat eine seiner Sprechstundenhelferinnen den Brief vorbeigebracht. Da es lediglich ein Termin war, war das völlig unkompliziert.«

»Und dann haben Sie diese Bestätigung benutzt, um Julias Vater davon abzuhalten, sie weiter zu schlagen und zu misshandeln. Indem sie ihm weisgemacht haben, dass Julia *definitiv* schwanger ist?«

Walterscheidt nickte. »Es war die effektivste Möglichkeit. Von einem Tag auf den anderen hatten die Schläge ein Ende. Es gibt Instinkte, die sind in jedem verankert.«

Maike hätte ihm erzählen können, dass das keinesfalls der Fall war. Im Gegenteil war Gabis ehemaliger Chef ein gewaltiges Risiko eingegangen, diese Information weiterzugeben. Auf der anderen Seite rechnete sie ihm den Versuch zu helfen an. »Und der Termin selbst?«

»Na ja, wir mussten der Julia sagen, dass ihr Vater sie ab jetzt in Ruhe lässt. Da hat sie erfahren, dass er es weiß. Sie war außer sich und ist alleine zu Doktor Lüdenscheid. Am Ende hat es sich dann bestätigt.«

»Was genau?«

»Die Schwangerschaft. Sie hat etwas herumgedruckst, aber schließlich das Ergebnis mit uns geteilt. Und hatte sogar einen Folgetermin, für eine Blutuntersuchung.«

Maike war stolz darauf, ein absolutes Pokerface zu wahren. Julia musste bei dem ersten Termin erfahren haben, dass sie nicht schwanger ist. Trotzdem hatte sie so getan, als ob. Letztlich eine schlaue Entscheidung, hatte sie mit diesem Werkzeug doch dafür gesorgt, dass ihr Vater sie nicht mehr schlug. Weshalb aber die Blutuntersuchung?

Beinahe hätte sie sich selbst an die Stirn geschlagen. Natürlich! Indien.

»Sagen Sie, dieser Doktor Lüdenscheid war der Frauenarzt hier im Ort?«, fragte Maike unschuldig. »Konnte er davon leben? Ich meine, Schwangerschaften gibt es hier vermutlich nicht in rauer Menge.«

»Ach, der hat sich um weitaus mehr gekümmert. Wie das auf dem Dorf so ist. Hat auch Impfungen verabreicht, Gesundheitsatteste für einige Leute von Bauunternehmer Roth ausgestellt, Blutbilder gemacht ... Was halt so anfiel.«

»Kleiner Dienstweg, schnell und flexibel.« Sie nickte, absolutes Verständnis zeigend.

Julia Stoffels hatte also ihren angeblichen zweiten Termin genutzt, um sich auf Indien vorzubereiten. Impfungen, Blutbild, alles, was notwendig war. Und weil es der Frauenarzt getan hatte, erfuhren selbst die Walterscheidts nichts davon. Ihr Vater ebenso wenig. Hätte sie offenbart, nicht schwanger zu sein, hätten die Schläge wieder begonnen. Was letztlich auch passiert war, aber sicher nicht aufgrund mangelnder Planung. Julia erwies sich mit jedem Puzzlestück, das Maike aufdeckte, ein Stückchen mehr als Überlebenskünstlerin.

»Ihr Sohn ...«, begann Maike vorsichtig.

»Hatte keine Ahnung«, unterbrach Walterscheidt sie barsch. »Julia wollte nach dem Ergebnis noch auf den richtigen Moment warten und das haben wir respektiert. Es ist ja ein wunderbarer Augenblick, nicht wahr? Ich habe den Dennis schon mal vorbereitet.«

»Vorbereitet?«

»Na ja, habe ihm erzählt, wie schön es war, ihn großzuziehen. Besonders in den ersten Jahren.«

Maike musste unweigerlich an Jens denken, der da sicher auch eine ganz eigene Meinung zu hatte, während er Babybrei löffelte.

»Damit er positiv reagiert.« Er hatte ihr Zögern offenbar in die falsche Richtung gedeutet und wollte ihr auf die Sprünge helfen. »Die beiden waren so ein nettes Paar.«

»Und es hat Sie nicht gewundert, dass Julia plötzlich verschwunden ist?«, fragte Maike. »Dennis ging davon aus, dass sie früher nach Indien ist – allein. Aber sie beide ...«

»Ehrlich gesagt, hätte das durchaus Sinn ergeben.« Er räusperte sich.

»Mit dem Kind war meine Frau aus dem Häuschen und ging natürlich davon aus, dass aus der Reise nach Indien nichts wird. Man bringt doch kein Kind im Ausland zur Welt. Und die ganzen Bakterien dort.«

»Und erst die Einheimischen«, ergänzte Maike.

»Genau, Sie wissen natürlich, was ich meine. Auf jeden Fall war Indien eben immer Julias Traum. Und da dachten wir tatsächlich, dass sie heimlich abgehauen ist, damit wir sie nicht aufhalten. Und das hätten wir, das schwöre ich Ihnen.«

Vermutlich hätte Manfred Walterscheidt Julia Stoffels auch Handschellen angelegt, um sie von der Reise abzuhalten. Dass er sie umgebracht hätte, war jedoch eher unwahrscheinlich. Mit dem Wissen um die angebliche Schwangerschaft hätten sie sie wohl eher beschützt.

»Haben Sie denn schon einen Verdächtigen?«, fragte er.

»So viele«, sagte Maike. »Die kann ich gar nicht alle aufzählen. Werde ich auch nicht. Sie wissen so gut wie ich, dass auch *Sie* Teil der Ermittlungen sind.«

»Es war einen Versuch wert.« Walterscheidt nickte und wirkte dabei überraschend verständnisvoll. »Spätestens aus der Presse erfahre ich dann wohl, ob die Aufklärung geglückt ist.«

»Nun ja, also über Artikel von Ingo Brandt müssen wir nicht kommunizieren. Wenn das Ganze hieb- und stichfest aufgeklärt ist, kann Gabi sich bei Ihnen melden.«

So viel wollte sie den Walterscheidts zugestehen.

Während er hinausging, versank Maike in ihren Gedanken. Dennis hatte also nichts von der angeblichen Schwangerschaft gewusst, seine Eltern hingegen schon. Obgleich es diese letztlich gar nicht gegeben hatte. Und der Koffer war für Indien bestimmt gewesen, aber nur aus dem Haus geschafft worden, weil die Schläge wieder begannen.

Halbwahrheiten und Lügen waren verpackt worden in Rätsel und Geheimnisse. Und wie immer durfte sie das Ganze entwirren. Irgendwo in diesem Knäuel war der Hinweis, der die Wahrheit ans Licht bringen würde.

Maike zuckte zusammen, als ihr Telefon klingelte.

12.Kapitel

Maike hob den Telefonhörer an ihr Ohr und registrierte im gleichen Augenblick die Lampe, die auf ein internes Gespräch hinwies.

»Gabi hier«, erklang die Stimme in Stereo, einmal aus dem Hörer, einmal durch die dünne Wand.

»Was gibt es?«

»Ich habe Petro Dwarkis in der Leitung«, erklärte sie.

»Der Bauarbeiter von Herrn Roth? Wie hast du das hinbekommen?«, fragte Maike.

»Es war Lukas, der das in die Wege geleitet hat, mit seiner Anfrage bei den griechischen Behörden. Die konnten aber nicht helfen, weil der gar kein Grieche ist. Das hat der Roth nur automatisch gedacht wegen seines Namens. Ich stelle einfach mal durch.«

Es klickte.

»Hallo?«, erklang eine samtene, gleichzeitig aber durchsetzungsstarke Stimme.

»Kriminalhauptkommissarin Maike Pech«, stellte sie sich vor. »Freut mich, dass wir Sie ausfindig machen konnten.«

»Es muss ja wichtig sein. Sie haben einen ganz schönen Wirbel ausgelöst. Dass ich den Namen meiner Frau angenommen habe, hat wohl für zusätzliche Verwirrung bei der Suche gesorgt.«

»Sie hätten sich ja wenigstens einmal blitzen lassen können«, sagte sie.

»Das hätte es einfacher gemacht.«

»Oder gleich ein Einbruch? Keine gute Idee für einen Professor an der medizinischen Fakultät von Heidelberg.«

Maike überspielte ihre Verblüffung darüber mit einem Räuspern.

»Es ging um Ihre Arbeit am Rathaus von Niederteerbach. Da gibt es eine Arrestzelle. Sie hatten bei der Basisarbeit geholfen als Aushilfe.«

»Richtig, ich erinnere mich dunkel. Ich musste mein spätes Studium finanzieren«, erklärte er. »Deshalb habe ich immer wieder auf dem Bau gearbeitet. Auch bei diesem Herrn Roth. So hieß der doch?«

»Um dann einfach so zu verschwinden?«

Dwarkis Stimme bekam einen bitteren Unterton. »Von wegen. Er hat mich nicht bezahlt. Muss wohl irgendwelche Schwierigkeiten gehabt haben zu der Zeit, heute scheint es ihm ja wieder gut zu gehen. Aber als ich ihn darauf ansprach, hat er irgendwas davon gefaselt, ich hätte die Arbeit nicht richtig gemacht. Die rassistischen Ergänzungen erspare ich Ihnen. Deshalb bin ich einfach gegangen. Habe ihn stehen lassen.«

»Das klang bei ihm aber ganz anders.«

»Er würde die Wahrheit kaum erzählen, schon gar nicht der Polizei. Ich habe danach noch ein paar andere Jobs angenommen und damit letztlich mein Studium finanziert. Verspätete Karriere als Arzt.«

»Das freut mich sehr für Sie.« Maike lächelte bei dem Gedanken, dass zumindest die Geschichte von Petro Dwarkis gut ausgegangen war.

»Aber wenn ich irgendwann mal geblitzt werde, verweise ich auf Ihre Bitte.«

»Tun Sie das. Die Kollegen haben da bestimmt totales Verständnis. Ihnen ist damals nichts merkwürdig vorgekommen?«

»Was meinen Sie?«

»Ich weiß es nicht«, erwiderte Maike. »Kam Ihnen einer Ihrer Kollegen seltsam vor?«

»Haben Sie die kennengelernt?«, fragte er.

»Der Punkt geht an Sie. Aber es wäre nett, wenn Sie versuchen, sich zu erinnern.«

»Hm.« Für ein paar Sekunden war das Rascheln von Stanniolpapier zu hören, dann kaute Petro Dwarkis. »Entschuldigung, aber ich habe heute noch nicht zu Mittag gegessen. Ich wurde damals kurzfristig dazugerufen, weil einer der anderen ausgefallen ist. Die ständigen Witze auf meine Kosten haben mich irgendwann genervt, und als die beiden anderen nach unten zu diesem Imbiss gegangen sind, bin ich oben geblieben.«

Womit ihr überdeutlich bewusst wurde, dass es in Niederteerbach nur einen Imbiss gab und schon immer gegeben hatte. Das würde sich in diesem Kaff vermutlich niemals ändern. »Allein?«

»Das war gegen Abend. Die Wache war quasi leer, es gab nur noch einen Polizisten, der dort war. Ah, richtig. Da gab es einen Streit.«

»Er hat mit sich selbst gestritten?«, fragte Maike.

Dwarkis ignorierte ihren Humor und sprach unverändert weiter: »Die Freundin von einem der Polizisten kam vorbei. Könnte auch seine Frau gewesen sein. Die beiden haben lautstark miteinander gezofft. Irgendwann war es ihm wohl zu bunt, er hat dann gesagt, er müsse die Arrestzelle prüfen oder so. Dachte wohl, ich sei mit den anderen unten, und er wäre allein.«

»Er wollte sich Luft verschaffen«, schloss Maike.

»Hat aber nicht funktioniert. Die Frau kam ihm nach. Plötzlich standen beide in der Tür und haben lautstark weitergestritten, während ich noch am Boden kniete, um die letzten Arbeiten zu erledigen.«

Maike spürte einen Funken der Aufregung. »Worum ging es denn?«

»Um ihren Vater«, sagte Dwarkis nach kurzem Zögern. »Ja, genau. Irgendwas war mit dem Vater.«

Verblüfft schrieb Maike die Worte in ihr Notizbuch. »Und was war mit dem Vater?«

»Uff! Das liegt so lange zurück. Aber sie war völlig aufgelöst. Es ging um einen Besuch bei ihrem Vater. Und dass sie ihn zur Rede stellen wollte wegen irgendwas.«

Was zum einen keinen Sinn ergab, zum anderen dem Fall nicht weiterhalf, dachte Maike.

»Das war's«, kam Dwarkis zum Ende. »Danach haben sie mich bemerkt und sind gegangen. Kurz darauf kamen die ›Kollegen‹ zurück und wir haben den Rest erledigt.«

»Falls Ihnen doch noch etwas einfällt, würde ich mich freuen, wenn Sie uns kontaktieren«, bat Maike. »Wir ermitteln hier in einer verzwickten Angelegenheit von damals.«

»Ist etwas eingestürzt? Ich sag Ihnen gleich, wir haben das sauber erledigt.«

»Warum glaubt eigentlich jeder, dass hier etwas eingestürzt ist. Nein, es geht um einen anderen Fall. Hat nichts mit den Bauarbeiten zu tun.«

»Sollte mir noch etwas einfallen, melde ich mich natürlich«, versicherte Dwarkis.

»Vielen Dank.«

Maike ließ den Hörer sinken und rieb sich die müden Augen. Die Wahrscheinlichkeit, dass es jemand von Roths Leuten gewesen war, näherte sich dem Nullpunkt. Natürlich war Lukas dabei, die jeweiligen Alibis gegenzuprüfen. Doch der Instinkt sagte Maike, dass nichts dabei herauskommen würde.

Der Mörder hatte etwas davon verstanden, wie man eine Wand einriss, einbaute und verputzte, ja. Zumindest notdürftig. Aber dass es tatsächlich einer der Arbeiter gewesen war, ergab keinen Sinn. Zumindest nicht auf Basis der aktuellen Faktenlage.

Sie erhob sich, ging ins andere Büro und berichtete Gabi von dem Gespräch. »Für heute habe ich genug. Zeit für ein Kölsch.«

»Harald freut sich bestimmt, wenn Sie in der Fressoase vorbeischauen.« Womit jede Idee dahin war, sich für einen Abend nach Köln abzusetzen und ein paar alte Freunde abzuklappern. Harald aka Harry würde es erfahren und es war vorbei mit der Freundlichkeit, dem Kaffeebecher und sonstigen Vorteilen.

»Meinen Bericht tippe ich morgen«, sagte Maike. »Fasst du bitte die Erkenntnisse zusammen und schickst sie mir? Dann leite ich das weiter an Grasso und an Jens, also meinen Chef, in Köln. Lukas soll alles aktenfertig vorbereiten. Aber keine Überstunden.« Sie warf einen Blick auf die Uhr.

»Morgen früh reicht auch noch. Und der Mosbacher kann nach Hause, ich glaube kaum, dass bei dem eine weitere Verdunklungsgefahr besteht. Aber er soll die Stadt nicht verlassen.«

Maike verließ ihr Büro und steuerte Harrys Fressoase an. Sie musste ihre Gedanken in Ruhe schweifen lassen. So kam sie oft auf die Lösung. Der Papierkram würde sich am Ende schon geben, wichtig war es, den Täter zu schnappen.

Sie nickte den Tachmoinern kurz zu, die aber sofort ihren müden Blick registrierten. Harald hebelte bereits den Deckel von der Flasche, als sie an die Durchreiche trat.

»Gabi hat schon Bescheid gegeben«, sagte er. Das Kölsch wanderte zu ihr, die Euros zu ihm.

Maike nahm an einem der Tische abseits Platz. Sie trank, stützte ihren Kopf auf den Handballen und betrachtete die vorbeigehenden Menschen. Viele waren es nicht. Mittlerweile dämmerte es, und Minuten später knipste Harald die elektrischen Kerzen an, die sich wie bei einem Weihnachtsbaum um die Markise ringelten.

Wie gerne hätte sie den Abend mit Zoe bei Cocktails verbracht. Doch die hatte heute Ausgehabend mit Mark. Das war den beiden wohl heilig, denn Maikes Mutter stand jedes Mal Gewehr bei Fuß. Jede Videotelefonie wurde abgebrochen, kein anderes Date zugelassen. Sie hatten bereits über die

Geheimnisse einer funktionierenden Ehe gesprochen, worauf Mark natürlich prompt einen Artikel geschrieben hatte.

Zoe war der Meinung, dass dafür eine exakte Balance der emotionalen Linie beider Beteiligten notwendig war. Freiheit, vermengt mit dem richtigen Maß an Nähe.

In Maikes Augen lief es auf regelmäßigen guten Sex hinaus, der den Beteiligten gleichermaßen gefallen musste.

»Und guter Sex ist echt gar nicht so leicht zu bekommen«, sprach sie ihre Gedanken laut aus.

Sie trank einen weiteren Schluck und bemerkte erst mit etwas Verspätung, dass ein Gast ihre Bemerkung mit angehört hatte.

Mit einem verschmitzten Grinsen kam ein junger Mann auf sie zu. Er hielt ebenfalls ein Kölsch in der Hand. Die ebenmäßigen Zähne blitzten weiß, seine rotblonden Locken waren durch den Wind zerzaust. Er trug einen Hoodie, Jeans und weiße Sneaker.

»Ist hier noch Platz?«, fragte er.

»Kommt drauf an«, sagte sie.

»Auf?«

»Bist du volljährig?«

Beinahe hätte er das Kölsch wieder ausgespuckt, das er gerade trank.

»Ich bin fünfundzwanzig.« Unter seinem Hoodie zeichnete sich ein sportlicher Oberkörper ab.

»Na dann.« Sie schob mit ihrem Fuß den anderen Stuhl zurück, damit er sich setzen konnte. »Maike.«

»Philipp.« Er war der Erste, der bei ihrem Namen nicht sofort nickte und davon erzählte, dass er den Artikel gelesen hatte. Ob er überhaupt las? Oder was taten Studenten so in ihrer Freizeit? Er war ganz sicher Student.

»Die beiden haben es gut«, sagte Philipp und nickte in Richtung der Tachmoiner. »Das ist was Echtes.«

»Bist du nicht noch zu jung für solche Gedanken«, fragte Maike. »Was ist mit austoben?«

Er lächelte sie über einen weiteren Schluck Kölsch eindeutig zweideutig an. »Ist nicht so, als hätte ich keinen Spaß auf dem Weg zum Ziel.«

»Da habe ich keine Zweifel. Gute Einstellung.« Sie hätte ihn noch so viel fragen können, andererseits wussten sie doch beide, worauf es hinauslief.

»Ich wohne in der Nähe.«

»Gehen wir.«

Pragmatismus war etwas Fantastisches. Sie konnte die Funken spüren, die Spannung in der Luft. Kurz blinzelte sie in die Höhe, nein, da kam kein Gewitter. Das waren tatsächlich sie beide.

Maike friemelte den Schlüssel hervor, als sie die Tür erreichten. Irgendwie war das Kölsch auf nüchternen Magen keine so gute Idee gewesen.

Philipp kicherte. »Hier wohnst du?«

»Sag jetzt nichts.«

»Aber ...«

Kurzerhand zog sie ihn an sich und sie versanken in einem leidenschaftlichen Kuss. Seine Hände waren überall, sie roch sein Aftershave. Seine Lippen lagen plötzlich auf ihrem Hals, sein warmer Atem kitzelte ihre Haut.

»Ich sollte noch aufschließen.« Schnell öffnete sie die Tür und zerrte ihn mit sich nach oben.

Erst als die Wohnungstür hinter ihr ins Schloss fiel, erinnerte sich Maike an die Unordnung. »Sorry.«

»Die Kisten sind mir egal, solange das Bett schon aufgebaut ist.«

»Du weißt einfach, was Frau hören will.«

Irgendwie gelangten sie halb taumelnd, Kisten ausweichend, ohne Verletzungen ins Schlafzimmer. Dort purzelten sie förmlich auf das Bett. Es klackte, als Philipp ihren Gürtel löste und dabei nicht aufhörte, sie zu küssen. Mit einem Ruck befreite er sie von ihrem Oberteil, der BH folgte. Der sportliche Student verwandelte sich in ein hungriges Raubtier.

Maike packte ihn am Hals, drehte sich auf ihn. Sein Hoodie war dank Reißverschluss kein Problem, alles andere ebenso wenig. In Rekordzeit lagen sie beide aufeinander, nur noch bekleidet mit Shorts, in ihrem Fall ein Slip.

»Wir werden beobachtet«, er kicherte erneut unter dem Einfluss des Kölsch.

Maike, die gerade seine beeindruckenden Bauchmuskeln betastet hatte und darüber sinnierte, wie unfair das Leben doch in stoffwechseltechnischer Hinsicht war, blickte auf. »Hier gibt es keine Kameras.«

Er deutete neben das Bett, wo zwei pelzige Beobachter aufmerksam zusahen. »Sind *die* überhaupt volljährig?« Er hatte Humor.

»Du siehst eben jung aus für dein Alter, ich musste das fragen«, sagte Maike. »Stört es dich etwa, wenn wir beobachtet werden?«

Er räusperte sich. »Na ja, schon ...«

»Echt jetzt?« Sie sprang auf, packte Crockett und Tubbs und brachte sie aus dem Zimmer.

Die Tür knallte ins Schloss.

»Besser?«, fragte sie.

Philipp zog lächelnd ein Kondom aus seiner Jeanstasche. »Viel besser.« Dann lagen seine Lippen wieder auf ihren, und Maike vergaß alles andere.

13.Kapitel

Maike blinzelte nach rechts. Im gleichen Augenblick kehrten die Erinnerungen zurück. Es waren nicht Crockett und Tubbs, die neben ihr lagen. Stattdessen ein nackter, fünfundzwanzigjähriger Mann.

»Philipp«, krächzte sie.

Irgendwie hatten sich die Stunden in Leidenschaft dahingezogen, ergänzt von mehreren Gin Tonic, die sie aus einem der Kartons geborgen hatte, und am Ende waren sie nebeneinander eingeschlafen. Etwas, das sie normalerweise vermied. Ein One-Night-Stand endete nach dem Orgasmus und nicht am verkaterten Morgen danach.

Glücklicherweise schlief er weiter. Maike schälte sich unter der Decke hervor und huschte in die Küche. Hier sprang sie in die Dusche, ließ das Wasser über ihre Haut prasseln und trocknete sich schließlich mit dem Handtuch von gestern ab. Lautlos schlüpfte sie zurück ins Schlafzimmer. Als sie gerade ihren Pullover überstreifte, gähnte Philipp.

Ein kurzes Blinzeln, dann saß er wach im Bett. »Guten Morgen.« Er grinste breit.

Maike kam nicht umhin festzustellen, wie unfair das Leben doch war. In seinem Alter wirkte er sogar zu diesem frühen Zeitpunkt frisch. Sie benötigte noch ihren Kaffee, um nicht länger wie eine Klobürste auf zwei Beinen auszusehen. Immerhin hatte die Dusche ihre Lebensgeister geweckt.

»Morgen«, sagte sie kurz angebunden. »Ich muss dann auch gleich los.«

»Alles klar.« Er sprang aus dem Bett und zog sich Stück für Stück seine Kleidung an, wobei sein knackiger Po mehr als einmal in ihre Richtung deutete. »Kommst du in deinem Mordfall voran?«

»Meinem Mordfall?«

»Na, diese Sache mit der Julia Stoffels.«

Maike stöhnte auf. »Echt jetzt? Du wusstest, wer ich bin?«

»Weiß doch jeder in Niederteerbach.« Er zuckte mit den Schultern, als handle es sich um die natürlichste Sache der Welt.

»Hast du was mit Ingo Brandt zu tun?«, fragte Maike, wohl wissend, dass sie langsam paranoid wurde. »Oder mit der Graefe?«

»Unserer Bürgermeisterin?« Nun sah Philipp sie an, als sei sie nicht mehr ganz dicht. »Was soll ich denn mit denen zu tun haben?«

Maike atmete erleichtert auf. »Okay, gehen wir. Ich habe einen dringenden Termin auf dem Revier.«

»Soll ich dich begleiten?«

»Nein!« Sie räusperte sich. »Das käme vielleicht nicht so gut. Ich meine, die denken noch sonst was.«

»Dass wir Sex hatten?«

Maike schloss ab, und gemeinsam stiegen sie die knarzenden Stufen im Treppenhaus hinunter.

»Zum Beispiel«, bestätigte sie. »Aber du fährst jetzt besser nach Hause.«

»Weißt du, genau darüber wollte ich gestern mit dir sprechen, als du mich so abrupt an dich gezogen hast.« Philipp blieb im Erdgeschoss stehen und zog einen Schlüssel aus der Hosentasche.

»Was meinst du?«

Er deutete auf die Wohnungstür. »Ich wohne hier.«

»Wie? Hier?!«

Er demonstrierte ihrem langsam erwachenden Gehirn, was er meinte. Der Schüssel verschwand im Schloss, wurde gedreht, die Tür öffnete sich.

»Du wohnst hier? In diesem Haus?« Maike wusste nicht so recht, ob sie gerade einen Schlaganfall erlitt oder das wirklich stattfand.

»In dieser Wohnung«, sagte Philipp langsam, als spreche er mit einer Person unter Schock, was der Wahrheit recht nahekam.

»Mit deiner Mutter?«, fragte Maike krächzend und machte sich auf das Schlimmste gefasst.

Philipp brach in schallendes Gelächter aus. »Also Maike, die Mutter wärst dann doch eher du.« Ihr Blick verdeutlichte wohl, dass sie da keinen Spaß verstand. Schnell schob er nach: »Eine sehr junge Mutter. Du könntest quasi meine Schwester sein. Hm ... ähm ... nein, das kam jetzt ganz falsch rüber. Entschuldige ... das war als Kompliment gedacht, irgendwie. Ach, ich lasse es besser.«

»Ich gehe dann mal.« Sie rannte förmlich davon, was nicht allzu oft geschah.

»Wir sehen uns«, rief er noch.

»Zumindest im Hausflur«, sagte sie leise, als die Tür ins Schloss gefallen war.

Mal wieder hatte sie den Fettnapf zielsicher getroffen. Aber immerhin war der Sex gut gewesen. Sie beschleunigte ihre Schritte, als leichter Nieselregen einsetzte. Das Wetter hatte mittlerweile eindeutig in den Herbstmodus geschaltet. Es gab zwar noch keine größeren Unwetter, aber die Veränderung begann.

Auf der Wache wurde sie bereits von Lukas begrüßt. »Wie ich höre, hatten Sie eine gute Nacht. Gabi hat Ihnen den Kaffee schon bereitgestellt.«

»Was genau meinen Sie jetzt?«, fragte Maike so unschuldig sie konnte.

»Der Philipp ist ein ganz Netter. Und ja quasi Ihr Nachbar.«

»Sagen Sie mir bitte, dass nicht halb Niederteerbach jetzt schon Bescheid weiß!« Maike sprach lauter als sie beabsichtigte.

»Also wir sind uns hier eben alle sehr nah«, sagte Lukas.

»Ich bin die Mutter«, flüsterte sie so leise, dass er es nicht hören konnte. »Vielleicht auch die Schwester. Aber nur vielleicht.«

»Als Sie weg waren, hat sich der Petro Dwarkis noch mal gemeldet, obwohl er jetzt ja anders heißt. Also der Herr Meierling. Hat ja geheiratet. Und er hat ergänzt, dass er durch die geschlossene Tür – also nachdem die beiden Streitenden gegangen sind – das Wort ›Koffer‹ gehört hat.« Maike war gerade auf dem Weg zu ihrem Kaffee, gefror bei diesen Worten aber in der Bewegung. »Hat Gabi erzählt, wer das damals gewesen sein könnte? Das Revier bestand aus ihr, Manfred Walterscheidt und ...?«

»Es gab da noch einen weiteren Polizisten, quasi mein Vorgänger«, erklärte Lukas.

»Und könnte der mit seiner Freundin gestritten haben?«, fragte sie.

»Da müssen wir die Gabi fragen. Letztlich kommen nur er und der Herr Walterscheidt infrage.«

Maike ging langsam in ihr Büro, schnappte sich den Kaffeebecher und versuchte, aus den Fragmenten einen Sinn abzuleiten. Ein Pärchen stritt lauthals über den Vater der Freundin. Rein zufällig fiel auch das Wort Koffer, was durch den Fund bei Peter Mosbacher an Bedeutung gewonnen hatte.

Wenn sie weiterdachte und davon ausging, dass es sich bei dem streitenden Paar um die Walterscheidts gehandelt hatte, konnte das dann passen? Sie hatten von dem Kind und der Reise gewusst, aber wohl kaum von dem Koffer. Diesen hatte Julia zu Mosbacher gebracht. Oder hatte der die beiden informiert?

Ihr Kopf fühlte sich nach dieser Nacht an wie ein Knäuel aus nicht zueinander passenden Gedanken.

Kurzerhand zog sie das Smartphone hervor und tippte auf die Nummer von Zoe. Parallel fuhr sie den Rechner hoch, um die Protokolle zu überfliegen, die Lukas und Gabi für Grasso vorbereitet hatten. Wie vermutet befanden diese sich bereits im Postfach.

»Guten Morgen«, erklang es frisch, ausgeschlafen und gut gelaunt.

»Morgen«, krächzte Maike.

»Du klingst ja furchtbar.«

»Ich hatte Sex.«

»Glückwunsch!«, rief Zoe. »Oh, oder war es so schlecht?«

»Nein, es war richtig gut. Etwas jünger als ich … Hat sich erst im Nachhinein herausgestellt, dass er in meinem Haus wohnt. Erdgeschoss.«

An dieser Stelle wurde das Gespräch für zwei Minuten unterbrochen, in denen Zoe ihren Lachflash nicht mehr unter Kontrolle bekam. »Wieso hast du dir nicht einen in Köln gesucht?«, fragte sie schließlich.

»Fang gar nicht erst damit an. Niederteerbach wollte mich nicht loslassen.« Sie trank einen großen Schluck. »Ich bin die Mutter.«

»Bitte was?«

»Vergiss es. Aber dass das klar ist, mein Vierzigster nächstes Jahr wird nicht gefeiert. Habe ich hiermit endgültig beschlossen.«

»Solche Entscheidungen sollte man nicht postcoital treffen«, brach es aus Zoe mit unterdrücktem Lachen heraus.

»Du bist eine schreckliche Freundin.«

»Stimmt nicht. Ich könnte dir zum Beispiel von meiner Nacht erzählen.«

»Wage es nicht!« So weit kam es noch, dass Maike diese Details über ihren Bruder erfuhr.

»Siehst du, ich bin eine total geniale Freundin. Was macht denn der Fall Stoffels?«

»Netter Versuch, mich von meinem misslichen Leben abzulenken«, gab sie zurück, berichtete aber trotzdem und endete mit: »... jetzt hat er das Wort ›Koffer‹ auch noch gehört.«

»Es könnte ja auch sein, dass die beiden Streithähne gar nichts damit zu tun haben. Hatte der Vater vielleicht einfach ...«

»Der Vater!« Maike fühlte sich wie in einem körperlosen Moment gefangen. »Natürlich!«

»Wie bitte?«

Irgendwie vermengten sich Philipps Worte über sie als Mutter oder eben Freundin, mit dem Streit über ›den Vater‹ oder ›einen Vater‹. »Die beiden haben nicht über den Vater dieser unbekannten Frau gesprochen. Es ging nicht um ›ihren‹ Vater sondern ›den‹ Vater. Verstehst du?!«

»Nicht so richtig«, gab Zoe zu.

»Aber ich.«

»Was mich auch total für dich freut, kannst du es mir Normalsterblichen erklären?«

»Das waren die Walterscheidts, da bin ich sicher. Und sie haben über den Vater des Kindes diskutiert.«

»Also über Dennis?«

»Vermutlich. Aber wenn das stimmt, hat er vielleicht doch über die Schwangerschaft Bescheid gewusst.« Sie schlug mit der Hand auf den Tisch. »Dann ist er *doch* unser Täter.«

»Also das klingt ja alles schön und gut, aber wie passt der Koffer in diese Sache? Und warum haben die überhaupt über ihren Sohn diskutiert? Der Mord war da ja noch gar nicht geschehen.«

»Da bin ich noch nicht ganz sicher. Würde aber erklären, weshalb Julia den Koffer zu ihrem Lehrer gebracht und ihn nicht einfach bei Dennis untergestellt hat.

Das hätte sie doch ebenfalls unter dem Vorwand tun können, dass sie zu Hause ausziehen möchte. Die Walterscheidts hätten keinen Verdacht geschöpft, im Gegenteil. Stattdessen schleift sie ihn nach Köln, um ihn bei Mosbacher abzustellen.« Sie realisierte erst jetzt, dass das im Kontext des netten lieben Dennis gar keinen Sinn ergab.

»Willst du noch mal mit ihm sprechen?«, fragte Zoe. »Er könnte Licht ins Dunkel bringen.«

»Darauf kannst du sowas von wetten.«

»Dann gute Jagd. Ich kümmere mich heute um einen Motorradfahrer. Er gegen Lastwagen. Rate mal, wer gewonnen hat.«

»Also wenn ich dich so reden höre, will ich die Todesstatistik des Straßenverkehrs gar nicht mehr so genau wissen«, sagte sie. »Viel Spaß.«

Maike beendete das Gespräch, las die Protokolle zu Ende und kehrte zurück in das Büro von Lukas und Gabi. Letztere war mittlerweile ebenfalls eingetroffen und starrte mit grimmiger Entschlossenheit auf ihren Monitor.

»Lass ihn Leben, es ist nur ein Gerät«, beschwichtigte Maike.

»Ich habe es fast geschafft«, sagte sie.

»Und jetzt was genau?«, hakte Maike nach.

»Na, eine der Sprechstundenhilfen zu finden«, erklärte sie.

»Glückwunsch zu Philipp.« Sie sah kurz auf. »Das ist wirklich ein ganz Lieber. Nur bei den Mädels hat er ja nie so richtig Glück, die stören sich an seinem Beruf.«

»Wieso, was studiert er denn?«

Gabi blinzelte verdutzt. »Ja also, genau genommen gar nichts. Der arbeitet in der Niederteerbacher Sargfabrik.«

Maike übte sich in ihrem Pokerface und fragte sich, was das Schicksal noch für sie bereithielt. »Was sagt denn die Spusi zum Koffer?«

»Der Pöller schickt später was durch. Die Schwarzlichtuntersuchung hat jedoch nichts ergeben, kein Blut. Und wie es ausschaut, gibt es lediglich zwei verschiedene Fingerabdrücke.«

Maike konnte sich schon denken, wem die gehörten – Julia und Mosbacher nämlich. Damit war der Koffer nicht mehr weiter von Nutzen. »Ich fahre noch einmal zu Dennis Walterscheidt, Sie kommen mit, Lukas.«

»Sobald ich was habe, schicke ich es durch«, versprach Gabi.

»Danke. Und das Protokoll geht bitte per Mail nach Köln, damit die Chefetage über das weitere Vorgehen Bescheid weiß.«

Sie konnte spüren, dass sie der Lösung ganz nah waren. Immer, wenn die Verwirrung am größten war, war auch das finale Bild fast vollendet.

Mit Lukas fuhr sie zum Haus von Dennis Walterscheidt. Auf ihr Klingeln hin öffnete jedoch seine Frau. Sie war Ende dreißig, trug ein Kind auf dem Arm und wirkte müde. Auf Nachfrage erfuhren beide, dass Dennis gerade seine Eltern besuchte.

»Das passt doch ganz ausgezeichnet«, sagte Maike. »Die Walterscheidts in trauter Gemeinsamkeit.«

Da die Adresse auf der Verdächtigenliste mit den übrigen Daten stand, fanden sie das Haus recht schnell. Es lag lediglich drei Querstraßen entfernt und ähnelte von der Fassade her jenem von Walterscheidt Junior frappierend.

Sie stiegen aus und Maike klingelte. Nach einem kurzen Rumoren öffnete Manfred Walterscheidt.

»Sie«, sagte er grimmig.

»Freut mich auch, Sie wiederzusehen.« Maike lächelte so freundlich, wie es ihr in dieser Situation möglich war. »Wir wollten noch mal vorbeischauen, der Herr Yilmaz und ich. Ein paar Details von damals besprechen, damit wir dieser Sache schneller auf den Grund gehen. Mit Ihrer Hilfe lässt sich das bestimmt machen.«

Er zögerte.

»Oder gibt es ein Problem?«, schickte Maike hinterher.

»Nein, nein«, sagte Manfred Walterscheidt schnell. »Keinesfalls. Kommen Sie nur. Mein Sohn ist auch gerade da.«

»Das ist ja ein netter Zufall.«

Er führte sie in ein geräumiges Wohnzimmer, das mit dunklen Möbeln zugestellt war. Auf nahezu jeder freien Fläche lagen Spitzendeckchen unterschiedlicher Qualität, vermutlich selbst angefertigt.

Frau Walterscheidt saß mit glasigem Blick in der Ecke. Sie hielt einen Keks in der Hand, von dem sie abgebissen hatte, und starrte ihn an. Dennis saß ihr gegenüber und wirkte wütend.

»Herr Walterscheidt«, begrüßte Maike auch ihn mit einem Nicken. »Stimmt es, dass Sie Peter Mosbacher verhaftet haben?«, fragte er wie aus der Pistole geschossen.

»Ich weiß nicht, woher Sie Ihre Informationen haben, aber ich darf keine Auskünfte zu einer laufenden Ermittlung herausgeben.«

»Das ist lächerlich«, fuhr Dennis auf. »Niemals hätte er Julia etwas angetan!«

»Sie scheinen sich ja sicher zu sein, was das angeht.«

Er schnaubte abfällig. »Und lassen Sie mich raten, das macht mich verdächtig. Aber ich hätte ihr auch niemals was angetan.«

»Irgendwie scheint einfach niemand ihr etwas getan zu haben. Passt nur leider nicht zu ihrer Leiche in der Wand.«

»Julia wollte nach Indien«, meldete sich Frau Walterscheidt versonnen zu Wort und biss ein weiteres Stück von ihrem Keks ab.

»Peter Mosbacher hat uns beiden geholfen«, sagte Dennis. »Wenn es Julia schlecht ging, wenn sie wieder eine Verletzung hatte ... er war immer für uns da.«

»Das stimmt«, schaltete sich auch Walterscheidt senior ein. »Der Mann war ein sehr netter. Hat uns stets ins Bild gesetzt.«

»Über alles?«, hakte Maike zweideutig nach.

»Natürlich.«

Lukas stand ein wenig abseits, hatte sein Notizbuch gezückt und notierte eifrig.

Maike sah sich interessiert in der Wohnung um. In den Regalen standen allerlei Figuren aus verschiedenen Ländern, allesamt auf Spitzendeckchen. Der Boden war frisch gesaugt und wies kein Staubkorn auf. An den Wänden hingen alte Landschaftsbilder in noch älteren Rahmen.

An einer Stelle war ein weißer Fleck auf dem Teppich. Hier hatte etwas gestanden, das Sonnenlicht hatte diese Stelle nicht erreicht und hatte nur den Teppich ringsum verbleichen lassen. Der Gegenstand musste kürzlich entfernt worden sein, denn es war ein deutlicher Abdruck zurückgeblieben. So etwas sah man oft in alten Wohnungen, in denen der Teppich schon eine Ewigkeit lag. Würde man den Schrank beiseiteschieben, wäre es dort genauso.

»Wir haben neue Fakten zusammengetragen, die ich gerne mit Ihnen allen besprechen möchte«, sagte Maike.

»Ich weiß es«, stieß Dennis hervor. »Dass Julia schwanger war. Meine Eltern haben es mir gesagt. Nach fünfzehn Jahren. Ihr solltet euch schämen.«

»Sie wussten es also bisher nicht?« Maike stellte sich unwissend.

»Woher denn?!«, rief Dennis. »Vermutlich war ich der Letzte, der es erfahren hat. Wusste unser Lehrer es auch?«

»Herr Mosbacher hatte keine Ahnung«, erklärte sie.

»Mosbacher.« Das Gesicht von Frau Walterscheidt verzog sich abschätzig. »Er war kein guter Vater.«

Maike starrte die Frau an und registrierte nur unterschwellig, dass ihr Smartphone vibrierte. Puzzleteile schoben sich ineinander.

Die Nachricht von Gabi ploppte auf dem Display auf, das Maike wie in Trance vor ihr Gesicht hielt.

Die geschriebenen Worte waren voll mit Schreibfehlern, vermutlich hatte Gabi zügig, ja geradezu hektisch getippt.
Und was Maike las, löste das Knäuel aus Lügen und Halbwahrheiten im gleichen Augenblick auf. Endlich begriff sie, was damals wirklich vorgefallen war.

14.Kapitel

Maike wusste, dass ihr nur ein kurzes Zeitfenster blieb. Manfred Walterscheidt war kein simpler Verdächtiger, er kannte das System. Damit wusste er, was sie durfte und was nicht. Er kannte Verhörtechniken, hatte diese selbst angewendet.

»Ich muss Sie verhaften, Herr Walterscheidt«, sagte Maike und blickte zu Dennis.

»Mich?« Er erwiderte ihren Blick entgeistert.

»Sie.«

»Aber ... das ist lächerlich. Ich habe Julia nicht ermordet.« Er wirkte völlig aufgelöst. »Sie wollen mir das anhängen.«

»Auf gar keinen Fall kommt mein Sohn mit Ihnen!«, brüllte Manfred Walterscheidt. »Er hat mit Julia einen Fehler gemacht, aber er hat sie nicht umgebracht!«

»Ach, einen Fehler?«, hakte Maike sofort nach. »Wie meinen Sie das denn?«

»Sie war ... eben nicht ehrlich. Die Sache mit dem Kind hätte sie Dennis selbst erzählen müssen«, sagte er. »Das war schließlich nicht unsere Aufgabe.«

»Natürlich nicht, aber das war sowieso nicht nötig. Dennis wusste die ganze Zeit Bescheid«, sprach Maike weiter.

»Was soll das denn jetzt? Ich hatte keine Ahnung.« Der Schock über die Enthüllung ließ ihn wie ein Häufchen Elend erscheinen. »Woher hätte ich das wissen sollen?!«

»Der Mosbacher«, warf Walterscheidt senior ein. »Er muss es gewesen sein.«

»Haben Sie eben nicht gerade noch lobende Worte für ihn gehabt?«, fragte Maike.

»Dennis war es jedenfalls nicht!«, Walterscheidt senior versuchte sich vergeblich unter Kontrolle zu bringen. »Was weiß denn ich?«

»Mosbacher war kein guter Vater«, sagte Dennis' Mutter erneut mit dünner Stimme, bevor sie wie in Trance aus dem Zimmer ging. »Sehen Sie nur, was Sie angerichtet haben. Jetzt ist meine Frau ganz verwirrt. Ihre Erinnerungen wirbeln durcheinander. Es muss der Mosbacher gewesen sein, der Koffer war doch bei ihm!«

Maike erwiderte seinen Blick mit kalter Entschlossenheit und in diesem Augenblick begriff Manfred Walterscheidt, dass sie ihn reingelegt hatte.

»Sie wissen, dass Dennis es nicht war«, sagte er, und jede Kraft wich aus seinem Körper.

»Und Sie ganz offensichtlich, dass der Koffer von Julia bei ihm war.« Dennis blickte nur noch verwirrt zwischen beiden hin und her. »Kann mir mal jemand sagen, was hier eigentlich los ist?«

Maike nickte, das hatte er auf jeden Fall verdient. »Julia dachte, dass sie schwanger ist, und kam mit dem Verdacht zu *Ihren* Eltern, Dennis. Und die beiden haben die Information genutzt, um Julias Vater auszutricksen. Ihre Mutter hat einen Termin bei Doktor Lüdenscheid gemacht, um mit der schriftlichen Terminbestätigung dafür zu sorgen, dass Julias Vater sie nicht länger schlägt und misshandelt. Er hat daraufhin tatsächlich geglaubt, dass seine Tochter schwanger ist und hat mit den Misshandlungen aufgehört.« Maike breitete die Arme aus. »Toller Plan, gleichzeitig wussten dadurch Ihre Eltern, Dennis, wann Julia den Termin wahrnimmt.

Julia war auf Angelika und Manfred aber so sauer, weil diese sie hintergangen hatten, sie hatte nicht gewollt, dass ihr Vater über die Schwangerschaft Bescheid weiß. Deshalb ist sie alleine zu Doktor Lüdenscheid gegangen. Sie kam mit der bestätigten Schwangerschaft zurück.«

»Oh Gott. Sie war wirklich schwanger?!« Dennis schlug die Hände vors Gesicht.

»Nein. War sie eben nicht.« Maike schüttelte den Kopf. »Sie hat sich von Doktor Lüdenscheid ein komplettes Blutbild machen lassen, um ihre Gesundheit für Indien prüfen zu lassen, und hat dazu alle notwendigen Impfungen bekommen. Vermutlich hatte sie Angst, wenn die Wahrheit herauskommt, dass ihr Vater sie wieder schlägt. Gleichzeitig wollte sie aber noch immer nach Indien. Im schwangeren Zustand hätten Ihre Eltern, Dennis, Julia aber aufgehalten. Nicht wahr?« Bei dieser Frage blickte sie zu Manfred Walterscheidt.

Er nickte, die Lippen zusammengepresst.

»Um sich zu schützen tat sie also so, als sei sie schwanger, brachte aber gleichzeitig den Koffer zu ihrem Lehrer Peter Mosbacher, damit sie jederzeit abhauen konnte.«

Während Maike sprach, entfaltete sich vor ihrem inneren Auge der gesamte Ablauf. Julia hatte den Koffer nicht zu den Walterscheidts bringen können, und jetzt begriff sie endlich, warum. Sie war gefangen gewesen zwischen Schutz und Freiheit, Lüge und der schmerzhaften Realität in Form von Schlägen.

»Und das war ihr Todesurteil«, sagte Maike.

»Der Koffer?« Dennis wirkte, als habe die Welt sich in ein Irrenhaus verwandelt.

»Der Koffer«, bestätigte Maike und fühlte bei dieser simplen Wahrheit eine Bitterkeit in sich aufsteigen, mit der sie nicht gerechnet hatte. »Denn Ihre Mutter hat das beobachtet.«

Manfred Walterscheidt war bleich geworden. »Das ist lächerlich.«

»Aber sie wurde gesehen«, erklärte Maike. »Gabi hat eine alte Sprechstundenhilfe von Doktor Lüdenscheid ausfindig gemacht. Wie das so ist in einem Dorf, jeder kennt jeden. Als Julia ging, sah die Sprechstundenhilfe aus dem Fenster und erkannte, dass Julia verfolgt wird. Von Ihrer Frau, Herr Walterscheidt. Soll ich mal raten?«

»Brauchen Sie nicht. Angelika dachte, dass Julia ein Verhältnis hätte«, presste Walterscheidt senior hervor. »Mit Peter Mosbacher. Sie müssen das verstehen, sie hat sich immer ein Enkelkind gewünscht. Aber als Julia sich dann so seltsam verhielt, befürchtete sie das Schlimmste.«

»Sie verfolgte Julia bis nach Köln, wo diese den Koffer bei Peter Mosbacher abgab. Danach kam sie wütend auf die Wache in Niederteerbach, und Sie beide stritten.«

Jetzt wurde Manfred Walterscheidt wirklich bleich. »Woher wissen Sie das?«

»Tja, die Arrestzelle hatte nicht nur *Vorteile* für Sie. Es gab da noch einen sehr fleißigen Handwerker, der sich um letzte Arbeiten kümmerte«, sagte Maike. »Was ist weiter passiert?«

»Meine Frau war völlig am Ende«, flüsterte er. »Ich dachte, ich hätte sie beruhigt, bin abends noch auf ein Kölsch in Harrys Fressoase gefahren. In der Zwischenzeit hat sie Julia angerufen und gebeten, zu ihr kommen. Als ich nach Hause kam, waren sie bereits am Streiten. Julia behauptete inzwischen, dass sie gar nicht schwanger sei. Sie wollte einfach mit Dennis nach Indien.«

»Und Ihre Frau hat es nicht geglaubt?«, fragte Maike, einem Instinkt folgend.

»Kein Wort. Sie dachte, dass Julia ihm jetzt noch das Kind eines anderen unterschieben will oder ihn in Indien sitzen lässt, eine Idee jagte die nächste. Es war der absolute Zusammenbruch. Schließlich hatte Julia genug und wollte gehen.«

Stille breitete sich aus, als die Stimme von Manfred Walterscheidt erstarb. Über das Gesicht von Dennis rannen Tränen, der Schmerz in seinen Augen war wie eine Faust, die Maikes Magen zusammendrückte. »Was habt ihr getan?« Maike hatte noch nie jemanden so hasserfüllt und gleichermaßen entsetzt flüstern hören, wie Dennis Walterscheidt in diesem Augenblick.

Sein Vater hob die Hände, der Blick eine einzige Bitte um Vergebung. »Es war im Affekt. Julia wollte gehen, deine Mutter wollte sie aufhalten. Da war diese afrikanische Holzschnitzerei.« Er nickte an jene Stelle, an der nur das Weiß des Teppichs geblieben war.

»Die Giraffe«, hauchte Dennis.

Er stand kurz davor, seinen ganz eigenen Zusammenbruch zu erleben.

»Die hatte diesen dünnen Hals, ein kurzer Ruck und er ist zerbrochen. Damit hat deine Mutter dann zugeschlagen.«

Maike erinnerte sich an den Bericht von Zoe, dass es ein münzgroßes Loch im Schädel gegeben hatte.

Dennis war mit einem Satz bei seinem Vater, packte ihn am Kragen und brüllte: »Ihr habt meine Freundin getötet! Und dann ... dann ...«

Er ließ abrupt los, taumelte zur Seite und übergab sich.

Lukas legte ihm stützend die Hand auf den Rücken. Tränen tropften zu Boden, Dennis' Körper wurde von Weinkrämpfen geschüttelt.

»Ich gehe jetzt mal davon aus, dass Ihre Frau die Lei... äh die Julia nicht alleine weggebracht hat. Von den entfernten Zähnen gar nicht zu reden. Sie haben Ihrer Frau geholfen, die Zähne zu entfernen, um zu verhindern, dass die Leiche sofort identifiziert wird, falls sie doch gefunden würde« Sie formulierte mit Absicht sanft.

Nicht, weil sie Mitleid mit Manfred Walterscheidt hatte, doch Dennis besaß ihr ganzes Mitgefühl.

»Wir hatten noch Material«, presste er hervor. »Von einem Anbau am Haus und einer Renovierung der Garage. Damals hatten wir mit Folie den Boden abgedeckt und noch viel davon übrig. Da haben wir sie eingewickelt. Aber hier in Niederteerbach sieht einen ja jeder, nichts bleibt ein Geheimnis. Wir hätten nicht einfach so zu einem der Höfe fahren können.«

»Zum Revier allerdings schon, denn das hat niemanden gewundert. Sie haben dort ja gearbeitet«, sagte Maike.

Der Gedanke, eine Leiche in der Wand einer Arrestzelle zu verstecken, war so absurd wie brillant. Dort würde natürlich niemand suchen, und da Walterscheidt der Chef des Reviers war, hatte er jederzeit sicherstellen können, dass keine weiteren Renovierungen stattfanden und er alles im Blick hatte. So stolperte kein Mensch über die Leiche.

»Wir haben gewartet, bis nach Mitternacht«, erklärte er. »Es war natürlich niemand mehr dort. Dann haben wir sie in den Kofferraum gelegt. Dabei ...« Seine Stimme erstarb.

Maike konnte sich bereits denken, was er hatte sagen wollen. »Der Kofferraumdeckel ging nicht richtig zu, die Zehe?«

Er nickte verkrampft. »Wir sind zur Wache gefahren. Eine der Wände war ja gerade gemacht worden, da war noch alles feucht und die Rigipsplatten ließen sich mühelos wieder entfernen.

Ich kannte das schon von der Garage und dem Hausanbau ...«, seine Stimme wurde heiser und brach.

Was Petro Dwarkis in mühevoller Arbeit beendet hatte, war von Manfred Walterscheidt wieder aufgebrochen worden. Ein Gutachter würde das fürs Gericht sicher genauer untersuchen, um herauszufinden, welches Material wann verwendet worden war, aber das war nicht Maikes Aufgabe.

»Eines verstehe ich noch nicht«, sagte sie, als sie von Anfang bis Ende die Abfolge durchging. »Da gab es noch die Textnachrichten, die Dennis geschickt wurden.«

Bei seinem Namen zuckte er zusammen, runzelte die Stirn und starrte seinen Vater verblüfft an. »Ja genau, die kamen doch am Mordabend.«

»Ist das denn überhaupt noch wichtig?« Walterscheidt senior rang mit sich.

»Gönnen Sie es uns, die letzten Lücken zu schließen«, sagte Maike. »Ich glaube kaum, dass das rechtlich einen Unterschied macht. Für Ihren Sohn wäre es allerdings ein runder Abschluss.«

Sie konnte sehen, wie sich erneut Angst in den Blick von Dennis schlich. Mit wem hatte er an dem besagten Abend geschrieben? Maike konnte sich die Antwort bereits denken. Immerhin hatte Julia niemals früher wegfliegen wollen, Dennis hatte es jedoch die ganze Zeit über gedacht.

»Ihr wart es«, krächzte er.

»Wir wollten dir den Schmerz ersparen«, sagte Walterscheidt in einem letzten Versuch, Verständnis zu erhaschen. »Wir wussten doch, dass du niemals vor der Zeugnisvergabe gehen würdest. Das hattest du uns versprochen, weil es deiner Mutter so wichtig war. Also haben wir ...« Er schwieg und hoffte wohl, dass jemand anderes die Puzzleteile weiter zusammensetzte, doch als es niemand tat, fuhr er fort: »Wir wollten einen Streit konstruieren, damit du auch tatsächlich glaubst, dass sie alleine nach Indien geflogen ist.«

Mit jedem Wort wurde Maike klarer, was die beiden Walterscheidts angerichtet hatten. Mochte es anfangs auch eine Tat im Affekt gewesen sein – Totschlag –, so war durch die Verschleierung doch viel mehr daraus geworden. Sie hatten ihrem Sohn Schmerz zugefügt und ihn dann wieder dämpfen wollen. Und das alles wegen eines Verdachts, der sich als doppelter Irrtum erwiesen hatte.

»Und der Anruf?«, fragte Maike nach der letzten fehlenden Antwort. Denn dieser ergab aus der jetzigen Perspektive keinen Sinn mehr.

»Es war deine Mutter«, sagte Walterscheidt senior in Richtung Dennis.

»Sie war irgendwann nur noch ein Häufchen Elend. Und als ich kurz nach draußen ging, um ... das Material aus der Garage zu holen, wollte sie dich anrufen und alles beichten, dich um Verzeihung bitten. Sie war völlig verwirrt. Ich konnte das Telefon in deinem Zimmer klingeln hören. Aber du bist nicht ran gegangen.«

»Sie haben all das getan, während Ihr Sohn ein Stockwerk höher geschlafen hat?«, fragte Maike ungläubig.

»Es war ja ein Arbeitstag. Dennis hat damals für Indien ein wenig dazuverdient, in der Sargfabrik. Wir hätten natürlich trotzdem ausgeholfen«, sagte Walterscheidt senior mit hängenden Schultern. »Er musste am nächsten Tag doch früh raus.«

Maike konnte sich nicht länger zurückhalten und brachte es wütend auf den Punkt: »Genau wie Julia. Aber das haben Sie ihr verwehrt. Wegen eines lächerlichen Verdachts, der obendrein falsch war. Julia war wirklich nicht schwanger, das konnten wir nachweisen. Die Unterlagen von Doktor Lüdenscheid wurden ihr nach Hause zugestellt – post mortem, wenn man so will. Sie wollte alle Unterlagen über die Impfung und Sonstiges nicht mehr hierhergeschickt haben. Sie war fertig mit Ihnen. Sie hätten den beiden Kindern einfach ihr eigenes, selbstbestimmtes Leben lassen sollen.«

»Peter Mosbacher war ein schlechter Vater«, erklang es aus dem Durchgang zur Küche.

Frau Walterscheidt schien noch immer in dem Gedanken gefangen, dass der Lehrer der Vater von Julias angeblichem Kind war. Deshalb hatte sie auch ständig den Satz wiederholt.

Maikes Herz setzte einen Schlag aus, als ihr Blick sich auf die Pistole in Angelika Walterscheidts Händen richtete. Ihre Augen glänzten fiebrig, die Hand mit der Waffe zitterte.

»Gütiger Himmel, Mama!«, flüsterte Dennis.

»Frau Walterscheidt, beruhigen Sie sich. Wir haben alles geklärt.« Maike verlieh ihrer Stimme einen sanften Klang, gleichzeitig hob sie beschwichtigend die Hände.

Sie konnte ihre eigene Waffe nicht mehr ziehen, ärgerte sich über sich selbst, nicht aufmerksamer gewesen zu sein. Obendrein waren sie auf eine Art im Wohnzimmer verteilt, die es recht leicht machte, sie nacheinander zu erschießen.

So langsam verstand sie, weshalb die Bürgermeisterin Hilfe in Niederteerbach benötigte.

Der ehemalige Polizeichef war in einen Mord verwickelt, und wenn es blöd lief, überlebte die neue Kriminalhauptkommissarin ihren ersten Fall nicht.

»Dennis geht nicht weg«, sagte Frau Walterscheidt. »Sie nehmen ihn nicht mit.«

Maike verfluchte sich für ihren Bluff. »Da haben Sie recht. Wir nehmen ihn nicht mit.« Dafür ihren Mann, dachte sie für sich.

»Peter Mosbacher war ein schlechter Vater«, sagte sie erneut, gefangen in dem fünfzehn Jahre alten Verdacht. »Dennis geht nicht weg.«

»Mama.« Dennis sprach ganz leise, nahm seine letzte Kraft zusammen.

»Was machst du denn für Sachen? Leg die Waffe weg.«

Sie lächelte ihn an. »Wir können zusammen gehen. Dann nimmt dich niemand weg. Du bist doch ein guter Sohn? Das warst du schon immer.« Und plötzlich schwenkte ihr Lauf, langsam und zittrig auf Dennis.

»Angelika, nein.« Manfred Walterscheidt machte einen Schritt und brachte sich selbst zwischen die Mündung der Pistole und seinen Sohn.

»Es ist gut. Dennis lebt jetzt sein eigenes Leben und wir müssen abschließen. Mit all unseren Fehlern.«

»Aber ...«

»Frau Pech?«, fragte Lukas leise, die Hand langsam zu seiner Dienstwaffe gleitend.

Sie schüttelte nur den Kopf. In dieser Situation auch nur den Ansatz einer falschen Bewegung zu machen, konnte für die verwirrte Angelika Walterscheidt der letzte Auslöser sein.

»Legst du die Waffe für mich weg?«, fragte Manfred seine Frau.

Diese schüttelte den Kopf. »Dennis geht nicht. Er ist ein guter Junge. Er will gar nicht gehen, das wollte er nie. Es war alles Julias Idee.« Eine Träne löste sich aus ihrem Augenwinkel. »Er wollte hierbleiben. Mit seinem Sohn bei uns auf der Terrasse spielen.«

»Dennis muss jetzt gehen«, sagte Walterscheidt senior akzeptierend.

»Und wir auch.«

Er musste wissen, was ihm bevorstand. Eine Zelle bis zum Lebensende. Seine Frau würde vermutlich in einer Einrichtung landen, in der sie betreut wurde.

»Aber Dennis ...«, hauchte sie. Eine einsame Träne kullerte über ihre Wange.

Manfred Walterscheidt ging zu seiner Frau und streckte die Hand nach der Waffe aus. Er lächelte.

Sie schoss.

15.Kapitel

Der Schuss hallte in Maikes Ohren wider, und die gesamte Szene schien sich in Zeitlupe zu verwandeln. Manfred Walterscheidt zuckte zusammen und taumelte zur Seite.

Gleichzeitig fiel die Waffe zu Boden. Angelika Walterscheidt konnte sie nicht länger halten, ihre Hände zitterten unaufhörlich. Sie stand starr an ihrem Platz, unfähig, sich zu regen. Ihr Gesicht ein einziger Ausdruck von Unverständnis und Verwirrung.

»Lukas, Verstärkung und Notarzt«, sagte Maike, als ihr Gehirn wieder in den Normalmodus wechselte.

Während er bereits das Diensthandy ans Ohr riss, sicherte sie die Waffe und reichte sie an ihn weiter. Ein Blick hatte genügt, um die Situation einzuschätzen. Die Kugel war glatt durch den

Oberschenkel hindurchgegangen, steckte jetzt irgendwo im unteren Bereich des Holzschranks an der gegenüberliegenden Wand. Aus der Wunde von Manfred Walterscheidt drang Blut, aber es schien keine Arterie getroffen zu sein. Andernfalls wäre es deutlich mehr gewesen.

Dennis war neben seinem Vater in die Knie gesunken und presste seine Jacke auf die Wunde. Es hätte Maike auch nicht verwundert, wenn er sie ihm stattdessen aufs Gesicht gedrückt hätte. Sie hielt sich bereit.

»Mein Junge, es tut mir so leid«, sagte Walterscheidt senior.

Dennis schüttelte nur den Kopf. »Ich will euch nie wieder sehen. Keinen von euch.«

Maike behielt Angelika Walterscheidt genau im Blick. Diese tapste langsam zu ihrer Keksdose, nahm einen davon heraus und sank auf einen Sessel. Vorsichtig biss sie ab.

»Die Kollegen sind gleich da.« Lukas trat zu Maike. »Und ich habe auch der Gabi Bescheid gesagt. Damit sie nicht überrascht wird.«

Maike konnte nicht anders, als ihm dankbar zuzulächeln und kurz die Hand auf die Schulter zu legen. Unter der harten Paragraphenschale hatte er eben doch einen butterweichen Kern.

Sie überprüfte kurz, ob sie Dennis helfen konnte, aber mehr als den Druckverband, den er durch seine Jacke erzeugte, konnte aktuell nicht getan werden.

Minuten später traf der Rettungswagen ein. Manfred Walterscheidt wurde verarztet, auf die Trage gelegt und abtransportiert.

»Informieren Sie das Krankenhaus«, bat Maike Lukas. »Die sollen einen Kollegen abstellen, der offiziell die Verhaftung vornimmt, sobald er aus dem OP kommt. Und dann bitte eine kurze, schriftliche Zusammenfassung für Gabi.«

Sie öffnete auf ihrem Diensthandy das Mailprogramm und schickte Jens ein Dreizeilenprotokoll, damit er auf alles vorbereitet war. Kurzerhand setzte sie Zoe in Kopie.

»Wie geht es jetzt weiter?«, fragte Dennis Walterscheidt, die Hände noch immer blutig.

»Kommen Sie. Wo ist das Bad?« Maike ging in die angedeutete Richtung, öffnete die Tür und drehte den Wasserhahn auf. Während Dennis seine Hände mit Wasser reinigte, erklärte sie: »Ich gehe davon aus, dass Ihr Vater der Vormund Ihrer Mutter war?«

»Sie kann nicht mehr selbst für sich sorgen«, bestätigte er.

»Das wird jetzt ein ziemlich bürokratischer Prozess, aber letztlich hat Ihre Mutter Julia ermordet. Und gemeinsam mit Ihrem Vater die Tat verschleiert. Keine Ahnung, was ein Anwalt da rausholen kann, aber Mord verjährt nicht.«

»Gut so«, presste er hervor.

Der Schmerz umgab Dennis wie eine unsichtbare Sphäre, die auf Maike überschwappte. Er hatte an diesem Tag so viel verloren.

»Sie wird vermutlich in ein Heim kommen, wo man sich um sie kümmert«, sprach sie weiter. »Ich denke, für Sie wäre es das Beste, wenn sie nach Hause gehen. Sie haben eine Frau, die auf sie wartet. Ein Kind.«

Bei diesen Worten lächelte er bitter. »Vermutlich haben Sie recht.«

Er sah sich um, nahm das Bild auf, das er so oft gesehen hatte. Sofa, Tisch, Gemälde an der Wand, der Teppichboden – alles eine vertraute, bisher heile Welt. Erinnerungen einer schönen Vergangenheit wurden überlagert von einer grausamen Gegenwart. Dennis' Blick wechselte und wurde kalt. Dann ging er einfach hinaus, als die Kölner Verstärkung eintraf.

Er würde niemals hierher zurückkehren, da war Maike sicher.

Eine nette Dame sprach mit Angelika Walterscheidt, die sich vollständig in ihre Welt zurückgezogen hatte. Was hier weiter vor sich ging, drang gar nicht zu ihr durch. Langsam wurde sie in einem Rollstuhl hinausgebracht.

»Ich denke, unsere Arbeit ist ebenfalls getan«, sagte Maike.

Eigentlich hätte sie sich euphorisch fühlen müssen, doch da war nichts. Nur ein gewaltiges Loch in ihrer Seele. Das Verbrechen, der Mord an Julia Stoffels, war aufgeklärt. Gefühlt gab es jedoch keine Gewinner.

Ein traumatisierter Sohn, eine Heimunterbringung für Angelika Walterscheidt und ein ehemaliger Polizeichef, der im Gefängnis landete. Ingo Brandt würde sich darauf stürzen und die Bürgermeisterin vermutlich alles tun, um Kapital aus dem Mordfall zu schlagen.

Als sie mit Lukas den Parkplatz vor dem Rathaus erreichte, wartete Zoe mit verschränkten Armen vor dem Eingang und zog Maike augenblicklich in eine Umarmung.

»Ich habe noch nie so viel Tragödie in drei Zeilen gelesen«, sagte sie und brachte wieder eine Armeslänge Abstand zwischen sie beide.

»Frag mich mal, ich musste diese Zeilen tippen.« Maike lächelte matt.

»Heute Abend brauche ich Cocktails. Ne Menge davon.«

»Auf meiner Rückbank.« Zoe deutete auf den SUV, der zwei Parkplätze weiter rechts stand. »Hab schon alles besorgt.«

»Du bist ...«

»Ich weiß.« Zoe winkte grinsend ab.

»... so gar nicht von dir eingenommen. Und natürlich die beste Freundin der Welt.« Maike stupste ihr in die Seite.

»Aber dort oben warten noch ein paar Dinge auf mich.«

»Was denn?«, fragte Zoe.

»Das ist wie ein Überraschungsei«, erwiderte sie. »Man hat keine Ahnung, was einen im Inneren erwartet. In unserem Fall ist die Überraschung nicht zwangsläufig eine Gute.«

Vermutlich hatte der Instinkt sie gewarnt. Als sie das Revier betrat, stand Bürgermeisterin Graefe bereits neben Gabis Schreibtisch und das, obwohl die Öffnungszeiten schon deutlich überschritten waren.

»Ich wusste es.« Die Graefe lächelte, als habe sie gerade die nächste Wahl in einem Erdrutschsieg gewonnen. »Sie sind die richtige Person für diesen Job. Fabelhaft. Ganz ausgezeichnet. Mir kam dieser Manfred Walterscheidt ja schon immer verdächtig vor.«

Gabi tippte eifrig auf ihrer Tastatur herum. Ihre Wangenknochen traten hervor, eine Explosion stand kurz bevor.

»Ich hatte Hilfe von Herrn Yilmaz und Gabi«, stellte Maike klar. »Ohne diese beiden wäre mir das auch nicht gelungen.«

»Teamwork«, sagte die Bürgermeisterin mit einem energischen Nicken. »Ich sag es ja. Wir gehen hier in Niederteerbach voraus, auf direktem Weg in die Zukunft. Gemeinsam als Team. Die Strafverfolgung Hand in Hand mit der Politik, ausgestattet mit dem besten Equipment, das es gibt.«

»Wie mein ergonomischer Stuhl«, sagte Maike.

»Es freut mich so sehr, dass Sie das zu schätzen wissen.« Die Bürgermeisterin lächelte selig. »Jeder Cent hat sich gelohnt, wenn er Sie bei Ihrer Tätigkeit unterstützt.«

Sie lugte aus dem Büro, als warte sie auf etwas. »Wo ist er denn?«

»Wer?«

»Der Gefangene«, erklärte die Bürgermeisterin.

Maike schloss die Augen. »Liegt angekettet auf der Galeere.«

»Bitte?« Die Graefe blinzelte verwirrt.

»Er liegt im Krankenhaus. Es gab einen Schusswechsel.« Gabi hatte eindeutig eisern geschwiegen, was gar nicht so leicht gewesen sein dürfte. »Glatter Durchschuss, er wird wieder.«

»Ich denke, es wird Zeit für den Abschlussbericht.« Zoe lenkte Maike weiter in Richtung ihres Büros. »Tief durchatmen, du darfst sie nicht umbringen.«

»Vielleicht anschießen?«, fragte Maike.

»Sorry.«

»Wo sind die Zeiten hin, als man Bürgermeister noch erschießen durfte?«, sinnierte sie.

»Sprichst du vom wilden Westen?«, fragte Zoe. »Na, da ging es den Sheriffs aber auch nicht besser.«

»Jetzt werde nicht realistisch«, verlangte Maike. »Man darf doch noch mal träumen. Wer hätte gedacht, dass bei meinem ersten Fall in diesem kleinen, verschlafenen Kaff gleich etwas Derartiges passiert.«

»Ich gehe jede Wette ein, dass wir Ingo Brandts Artikel morgen landesweit abgedruckt sehen.« Zoe nahm auf dem Besucherstuhl Platz und schlug die Beine übereinander. »Diese Sache ist wirklich ganz schön heftig. Junge Frau wird von Polizeichef und Ehefrau umgebracht und erst nach sechzehn Jahren in der Wand der Arrestzelle entdeckt.«

Maike musste zugeben, dass diese Schlagzeile sogar sie dazu verleitet hätte, eine Zeitung zu kaufen. Ein kurzer Gang zum Bäcker, ein Blick auf die Titelseite und zack – gekauft.

»Vielleicht machen die dich ja zur Heldin.« Zoe zwinkerte.

»Kriminalhauptkommissarin Maike Pech – die Frau, die den Cold Case löste.«

»Also erstens, hörst du jetzt sofort damit auf, in Schlagzeilen zu quatschen, das macht der Brandt schon die ganze Zeit. Und zweitens wird die Bürgermeisterin es garantiert so drehen, dass sie die Heldin ist. Wetten wir?«

»Das glaubt doch kein Mensch.«

Maike fuhr ihren Rechner hoch und loggte sich ein. »Ich hoffe, er findet wenigstens ein paar nette Worte für Gabi. Das hat sie verdient. Wir konnten auf ihren Recherchen aufbauen, ihre Daten verwenden.«

Sie öffnete das Schreibprogramm und verfasste ihren Bericht. Zoe saß schweigend auf dem Stuhl, tippte auf ihrem Smartphone herum und lächelte ab und an.

Als Maike endlich fertig war, sendete sie das Ganze an Jens. Jetzt hatte er die Ereignisse in aller Ausführlichkeit, konnte mit Grasso das weitere Vorgehen besprechen und der wiederum beim Richter den Papierkram einleiten.

»Fertig?«, fragte Zoe, als Maike den Rechner wieder ausschaltete.

»Fertig«, bestätigte sie. »Aber ich möchte mich zuvor noch bei jemandem bedanken.«

Sie verließen das Büro gerade rechtzeitig, um die Ankunft von Ingo Brandt mitzuerleben. Dieser heftete sich an ihre Fersen, erpicht auf einen Kommentar.

»Frau Pech, jetzt bleiben Sie doch stehen, nur ein Satz von Ihnen.«

Und tatsächlich stoppte Maike mitten auf der Treppe, beinahe wäre Brandt wie eine schmierige Kanonenkugel auf zwei Beinen in sie hineingelaufen.

»Wissen Sie was, lassen Sie uns tatsächlich plaudern.« Sie legte den Arm um seine Schulter. »Die ein oder andere Sache kann ich erzählen.«

»Wirklich?«

»Aber dafür will ich auch etwas von Ihnen.«

Sie würde ihm natürlich lediglich ein paar Andeutungen präsentieren, den ein oder anderen Fakt, der sowieso auf der Pressekonferenz morgen früh bekannt gegeben wurde. Doch um diese Informationen zu bekommen, musste er versprechen, Gabi lobend in seinem Artikel zu erwähnen.

Es würde ihr guttun und hoffentlich ein wenig Seelenfrieden bringen. Denn egal, was geschehen war, sie hatte viele Jahre mit Manfred Walterscheidt zusammengearbeitet, und auch Dennis kannte sie, seit er ein kleiner Junge gewesen war.

»Du bist einfach ein guter Mensch.« Zoe hakte sich bei Maike unter, während sie auf Harrys Fressoase zusteuerten.

Ingo Brandt hatte sich in Richtung Redaktionsbüro verabschiedet, damit die Morgenzeitung auch ja noch seine Titelstory bekam.

Vor dem Imbiss saßen die Tachmoiner und tranken gemütlich ein Kölsch. Harald hatte Decken ausgelegt, auf den Tischen standen Kerzen in bauchigen Windgläsern. Es war frisch geworden, regnete aber nicht.

»Na, wenn das nicht unsere neue Kriminalhauptkommissarin ist, von der ganz Niederteerbach spricht«, wurde sie von Bruno begrüßt.

»Da hast du ja ordentlich vorgelegt«, fiel Gunnar mit ein. »Dafür spendieren wir dir ein Kölsch.«

»Das übernehme ich«, sagte Maike. »Keine Widerrede. Ihr habt mir wertvolle Tipps gegeben und dafür möchte ich Danke sagen. Das ist übrigens Zoe.«

Während sie zur Durchreiche ging, um bei Harald die Bestellung aufzugeben, begann Zoe bereits ein angeregtes Gespräch mit den Tachmoinern.

Zurück am Tisch setzte sie sich dazu, und alle vier stießen kurz darauf gemeinsam miteinander an. Die Kerze flackerte im Wind, erlosch jedoch nicht. Das Kölsch mit seinem vertrauten Geschmack bewies ihr, dass die Welt noch immer die gleich war wie am Tag zuvor. Ein Verbrechen war aufgeklärt worden, dem Opfer Gerechtigkeit widerfahren. Es war ein schönes Gefühl, eines, dass sie in Berlin auch stets gefeiert hatte.

Dort in ihrem Lieblingscafé in Kreuzberg, gemeinsam mit zwei Freunden. Heute hier.

»Ich muss schon sagen, mit diesem Ausgang hätte ich nicht gerechnet«, gab Bruno zu. »Mein Tipp wäre der Klassiker gewesen – Vater Stoffels.« Gunnar schüttelte den Kopf. »Ich dachte tatsächlich an den Lehrer Mosbacher.«

»Da hat wenigstens keiner von uns gewonnen.«
Bruno zog ein gefaltetes Papier aus der Tasche und
strich zwei Zeilen durch. »Beim nächsten Mal.«

»Ihr habt gewettet?«, fragte Maike erstaunt.

»Klar.« Bruno zuckte mit den Schultern und
grinste sie frech an. Unweigerlich glaubte sie, einen viele Jahre jüngeren Mann vor sich zu haben.
Seine alte Energie blitzte durch. »Das ist wie ein
Krimi zum Mitmachen.«

»Ich kann das ja gar nicht leiden, wenn das am
Ende der Polizist ist«, sagte Gunnar. »Das wirft immer ein so schlechtes Licht auf unseren Beruf.«

»Die Lehrer haben aber auch mal Ruhe verdient.« Maike zwinkerte ihm zu.

»Und die Gärtner erst«, kam es von Zoe.

Alle vier brachen in Gelächter aus. Zugegeben,
die Gärtner waren es in den seltensten Fällen. Polizisten glücklicherweise ebenfalls.

Die Tische ringsum füllten sich, und immer
mehr Niederteerbacher nahmen Platz. Sie tranken, aßen Currywurst, linsten dabei ständig zu
ihnen herüber.

»Wie schnell sprechen sich Neuigkeiten hier eigentlich rum?«, fragte Maike.

»In Minuten gerechnet?« Gunnar leerte sein
Kölsch mit dem letzten Schluck. »Dauert nicht
lange.«

»Ich merke schon, dieses Dorf wird mich noch
vor einige Herausforderungen stellen.« Maike

schüttelte den Kopf und fragte sich unweigerlich, worauf sie sich hier eingelassen hatte.

»Es wird dich in den Wahnsinn treiben«, war Gunnar überzeugt. »Und am Ende liebt man es doch.«

»Mit Ausnahmen natürlich«, merkte Bruno an und leerte auch sein Kölsch.

»Aber die lernst du alle noch kennen.« Sie saßen noch ein paar Minuten zusammen, dann verabschiedeten sich Zoe und Maike. Der Tag war erfolgreich gewesen und würde feucht-fröhlich weitergehen. Genau das, was sie jetzt brauchte. Doch es kam anders als geplant.

Epilog

»Das war jetzt nicht das, was ich mir vorgestellt hatte«, sagte Maike Minuten später.

Zoe hatte darauf bestanden, ihren gemeinsamen Abend an einem anderen Ort zu beginnen. Und genau das hatten sie getan. Erst als der SUV das verlassene Areal erreichte, begriff Maike, was vor sich ging.

»Hier hat alles angefangen«, sagte Zoe.

Sie hatte den Motor abgeschaltet. Gemeinsam blickten sie aus der Windschutzscheibe und betrachteten das Gebäude. Schon damals war es heruntergekommen gewesen mit Wasserflecken an mehr als einer Wand.

Heute stand es leer. Das Glas der Fenster war verdreckt, von den Hauswänden blätterte der Putz. Ein Teil der Ziegel hatte sich gelöst und war vom Wind abgetragen worden.

»Irgendwie fühlt es sich noch genauso an wie damals«, flüsterte Maike. Dieser Ort hatte ihr einen Schauer über den Rücken gejagt, als sie vor fünfundzwanzig Jahren hier angekommen waren. Das Landschulheim von Niederteerbach. Wo Schulklassen Biobauernhöfe in der Umgebung erkunden konnten, Umweltprojekte durchführen konnten und sogar Reiten möglich war. Zumindest auf einer altersschwachen Stute und einem Pony.

»Ich glaube, ich habe es damals geahnt«, sagte Zoe in die Stille.

Sie lehnten nebeneinander am SUV und schauten hinüber zu dem Gemäuer.

»Dass Billie eines Morgens einfach verschwindet?«, fragte Maike.

»Dass *etwas* geschieht«, erwiderte sie gedankenverloren.

»Seltsam, nicht wahr? Aber als wir hier ankamen, hatte ich das Gefühl, hier gibt es etwas Böses, das im Schatten lauert.«

Die Worte jagten Maike einen Schauer über den Rücken. Vermutlich trug auch der auffrischende Wind dazu bei. Und die Dunkelheit. Der Mond tauchte hinter den Wolken auf, und in seinem fahlen Schein konnte sie den Wald erkennen.

Die Bäume wirkten wie Finger. Sie hatten sich nach Billie ausgestreckt und sie verschlungen.

»Gin?«, fragte Zoe plötzlich.

»Sowas von! Eine Menge. Aber nicht hier.«

Sie warf einen letzten Blick auf das Rätsel, das sie zurück nach Niederteerbach geführt hatte. Und wie den Mord an Julia Stoffels würde sie auch dieses lösen.

Das war ein Versprechen.

Ende